LE CAHIER ROUGE

Benjamin Constant

Edition : Culturea (culurea.fr), 34 Hérault
Contact : infos@culturea.fr
Impression : BOD, Norderstedt (Allemagne)
ISBN : 9791041838707
Date de publication : juillet 2023
Mise en page et maquettage : https://reedsy.com/
Cet ouvrage a été composé avec la police Bauer Bodoni

I

Je suis né le 25 octobre 1767, à Lausanne, en Suisse, d'Henriette de Chandieu, d'une ancienne famille française, réfugiée dans le pays de Vaud pour cause de religion, et de Juste Constant de Rebecque, colonel dans un régiment suisse au service de Hollande. Ma mère mourut en couches, huit jours après ma naissance.

Le premier gouverneur dont j'aie conservé un souvenir un peu distinct fut un Allemand nommé Strœlin, qui me rouait de coups, puis m'étouffait de caresses pour que je ne me plaignisse pas à mon père. Je lui tins toujours fidèlement parole, mais la chose s'étant découverte malgré moi, on le renvoya de la maison. Il avait eu, du reste, une idée assez ingénieuse, c'était de me faire inventer le grec pour me l'apprendre, c'est-à-dire qu'il me proposa de nous faire à nous deux une langue qui ne serait connue que de nous : je me passionnai pour cette idée. Nous formâmes d'abord un alphabet, où il introduisit les lettres grecques. Puis nous commençâmes un Dictionnaire dans lequel chaque mot français était traduit par un mot grec. Tout cela se gravait merveilleusement dans ma tête, parce que je m'en croyais l'inventeur. Je savais déjà une foule de mots grecs, et je m'occupais de donner à ces mots de ma création des lois générales, c'est-à-dire que j'apprenais la grammaire grecque, quand mon précepteur fut chassé. J'étais alors âgé de cinq ans.

J'en avais sept quand mon père m'emmena à Bruxelles, où il voulut diriger lui-même mon éducation. Il y renonça bientôt, et me donna pour précepteur un Français, M. de la Grange, qui était entré comme chirurgien-major dans son régiment. Ce M. de la Grange faisait profession d'être athée. C'était du reste, autant qu'il m'en souvient, un homme assez médiocre, fort ignorant, et d'une vanité excessive. Il voulut séduire la fille d'un maître de musique chez qui je prenais des leçons. Il eut plusieurs aventures assez scandaleuses. Enfin il se logea avec moi dans une maison suspecte, pour être moins gêné dans ses plaisirs. Mon père arriva furieux de son régiment, et M. de la Grange fut chassé.

En attendant que j'eusse un autre mentor, mon père me plaça chez mon maître de musique. J'y demeurai quelques mois. Cette famille, que le talent du père avait sortie de la classe la plus commune, me nourrissait et me soignait fort bien, mais ne pouvait rien pour mon éducation. J'avais quelques maîtres dont j'esquivais les leçons, et l'on avait mis à ma disposition un cabinet littéraire du voisinage dans lequel il y avait tous les romans du monde, et tous les ouvrages irréligieux alors à la mode. Je lisais huit à dix heures par jour tout ce qui me tombait sous la main, depuis les ouvrages de La Mettrie jusqu'aux romans de Crébillon. Ma tête et mes yeux s'en sont ressentis pour toute ma vie.

Mon père qui, de temps en temps, venait me voir, rencontra un ex-jésuite qui lui proposa de se charger de moi. Cela n'eut pas lieu, je ne sais pourquoi. Mais dans le même temps un ex-avocat français, qui avait quitté son pays pour d'assez fâcheuses affaires et qui étant à Bruxelles, avec une fille qu'il faisait passer pour sa gouvernante, voulait former un établissement d'éducation, s'offrit et parla si bien que mon père crut avoir trouvé un homme admirable. M. Gobert consentit pour un prix très haut à me prendre chez lui. Il ne me donna que des leçons de latin qu'il savait mal, et d'histoire, qu'il ne m'enseignait que pour avoir une occasion de me faire copier un ouvrage qu'il avait composé sur cette matière et dont il voulait avoir plusieurs copies. Mais mon écriture était si mauvaise et mon inattention si grande, que chaque copie était à recommencer, et pendant plus d'un an que j'y ai travaillé, je n'ai jamais été plus loin que l'avant-propos.

M. Gobert cependant et sa maîtresse, étant devenus l'objet des propos publics, mon père en fut averti. Il s'ensuivit des scènes dont je fus témoin et je sortis de chez ce troisième précepteur, convaincu pour la troisième fois que ceux qui étaient chargés de m'instruire et de me corriger étaient eux-mêmes des hommes très ignorants et très immoraux.

Mon père me ramena en Suisse, où je passai quelque temps, sous sa seule inspection, à sa campagne. Un de ses amis lui ayant parlé d'un Français d'un certain âge qui vivait retiré à la Chaux-de-Fonds près de Neuchâtel, et qui passait pour avoir de l'esprit et des connaissances, il prit des informations, dont le résultat fut que M. Duplessis – c'était le nom de ce Français – était un moine défroqué qui s'était échappé de son couvent, avait changé de religion et se tenait caché, pour n'être pas poursuivi, même en Suisse, par la France.

Quoique ces renseignements ne fussent pas très favorables, mon père fit venir M. Duplessis qui se trouva valoir mieux que sa réputation. Il devint donc mon quatrième précepteur. C'était un homme d'un caractère très faible mais bon et spirituel. Mon père le prit tout de suite en très grand dédain, et ne s'en cacha point avec moi, ce qui était une assez mauvaise préparation pour la relation d'instituteur et d'élève. M. Duplessis remplit ses devoirs du mieux qu'il put et me fit faire assez de progrès. Je passai un peu plus d'un an avec lui, tant en Suisse qu'à Bruxelles et en Hollande. Au bout de ce temps, mon père s'en dégoûta, et forma le projet de me placer dans une Université d'Angleterre.

M. Duplessis nous quitta pour être gouverneur d'un jeune comte d'Aumale. Malheureusement, ce jeune homme avait une sœur assez belle et très légère dans sa conduite. Elle s'amusa à faire tourner la tête au pauvre moine qui en devint passionnément amoureux. Il cachait son amour parce que son état, ses cinquante ans et sa figure lui donnaient peu d'espérance, lorsqu'il découvrit qu'un perruquier moins vieux et moins laid était plus heureux que lui. Il fit mille folies qu'on traita avec une sévérité impitoyable. Sa tête se perdit et il finit par se brûler la cervelle.

Cependant mon père partit avec moi pour l'Angleterre, et après un séjour très court à Londres, il me conduisit à Oxford. Il s'aperçut bientôt que cette université, où les Anglais ne vont finir leurs études qu'à vingt ans, ne pouvait convenir à un enfant de treize. Il se borna donc à me faire apprendre l'anglais, à faire quelques courses dans les environs pour son amusement, et nous repartîmes au bout de deux mois, avec un jeune Anglais qu'on avait recommandé à mon père comme propre à me donner des leçons, sans avoir le titre et les prétentions d'un gouverneur, choses que mon père avait prises en horreur, par quatre expériences successives. Mais il en fut de cette cinquième tentative comme des précédentes. À peine M. May fut-il en route avec nous, que mon père le trouva ridicule et insupportable. Il me mit dans la confidence de ses impressions, et de la sorte mon nouveau camarade ne fut plus pour moi qu'un objet de moquerie et de dérision perpétuelle.

M. May passa un an et demi à nous accompagner en Suisse et en Hollande. Nous séjournâmes assez longtemps dans la petite ville de Geertruydenberg. Là, je devins, pour la première fois, amoureux. Ce fut de la fille du commandant, vieux officier, ami de mon père. Je lui écrivais toute la journée de longues lettres que je ne lui remettais pas : et je partis sans lui avoir déclaré ma passion, qui survécut bien deux mois à mon départ.

Je l'ai revue depuis : et l'idée que je l'avais aimée lui avait laissé un intérêt ou peut-être simplement une curiosité assez vive sur ce qui me regardait. Elle eut une fois le mouvement de me questionner sur mes sentiments pour elle ; mais on nous interrompit. Quelque temps après elle se maria et mourut en couches. Mon père, qui n'aspirait qu'à se débarrasser de M. May, saisit la première occasion de le renvoyer en Angleterre.

Nous retournâmes en Suisse où il eut recours, pour me faire prendre quelques leçons, à un M. Bridel, homme assez instruit, mais très pédant et très lourd. Mon père fut bientôt choqué de l'importance, de la familiarité, du mauvais ton du nouveau Mentor qu'il m'avait choisi ; et dégoûté, par tant d'essais inutiles, de toute éducation domestique, il se décida à me placer, à quatorze ans, dans une Université d'Allemagne.

Le Margrave d'Anspach, qui était alors en Suisse, dirigea son choix sur Erlangen. Mon père m'y conduisit et me présenta lui-même à la petite Cour de la Margrave de Bareith, qui y résidait. Elle nous reçut avec tout l'empressement qu'ont les princes qui s'ennuient pour les étrangers qui les amusent. Elle me prit en grande amitié. En effet, comme je disais tout ce qui me passait par la tête, que je me moquais de tout le monde, et que je soutenais avec assez d'esprit les opinions les plus biscornues, je devais être, pour une Cour allemande, un assez divertissant personnage. Le Margrave d'Anspach me traita de son côté avec la même faveur. Il me donna un titre à sa Cour, où j'allai jouer au pharaon et faire des dettes de jeu que mon père eut le tort et la bonté de payer.

Pendant la première année de mon séjour à cette Université, j'étudiai beaucoup, mais je fis en même temps mille extravagances. La vieille Margrave me les pardonnait toutes et ne m'en aimait que mieux : et dans cette petite ville, ma faveur à la Cour faisait taire tous ceux qui me jugeaient plus sévèrement. Mais je voulus me donner la gloire d'avoir une maîtresse. Je choisis une fille d'une assez mauvaise réputation et dont la mère avait, dans je ne sais quelle occasion, fait à la Margrave je ne sais quelles impertinences. Le bizarre de la chose, c'est que, d'un côté, je n'aimais pas cette fille, et que, de l'autre, elle ne se donna point à moi. Je suis le seul homme vraisemblablement auquel elle ait résisté. Mais le plaisir de faire et d'entendre dire que j'entretenais une maîtresse me consolait, et de passer ma vie avec une personne que je n'aimais point, et de ne pas posséder la personne que j'entretenais.

La Margrave fut très offensée de ma liaison à laquelle ses représentations ne firent que m'attacher davantage. Ces représentations remplissaient mon but qui était qu'on parlât de moi. En même temps, la mère de ma prétendue maîtresse, toujours pleine de haine contre la Margrave, et flattée de l'espèce de rivalité qui s'était établie entre une princesse et sa fille, ne cessait de me pousser à toutes sortes de procédés offensants contre la Cour. Enfin la Margrave perdit patience et me fit défendre de paraître chez elle. Je fus d'abord très affligé de ma disgrâce, et je tentai de reconquérir la faveur que j'avais pris à tâche de perdre. Je ne réussis pas. Tous ceux que cette faveur avait empêchés de dire du mal de moi s'en dédommagèrent. Je fus l'objet d'un soulèvement et d'un blâme général.

La colère et l'embarras me firent encore faire quelques sottises. Enfin, mon père, instruit de tout ce qui se passait par la Margrave, m'ordonna de le rejoindre à Bruxelles, et nous partîmes ensemble pour Édimbourg. Nous arrivâmes dans cette ville le 8 juillet 1783. Mon père y avait d'anciennes connaissances, qui nous reçurent avec tout l'empressement de l'amitié et toute l'hospitalité qui caractérise la nation écossaise. Je fus placé chez un professeur de médecine qui tenait des pensionnaires.

Mon père ne séjourna que trois semaines en Écosse. Après son départ, je me mis à l'étude avec une grande ferveur, et alors commença l'année la plus agréable de ma vie. Le travail était à la mode parmi les jeunes gens d'Édimbourg. Ils formaient plusieurs réunions littéraires et philosophiques : je fus de quelques-unes, et je m'y distinguai comme écrivain et comme orateur, quoique dans une langue étrangère. Je contractai plusieurs liaisons très étroites avec des hommes qui, pour la plupart, se sont fait connaître en avançant en âge ; de ce nombre sont Mackintosh, actuellement grand juge à Bombay, Laïng, un des meilleurs continuateurs de Robertson, etc.

Parmi tous ces jeunes gens, celui qui semblait promettre le plus était le fils d'un marchand de tabac, nommé John Wilde. Il avait sur tous ses amis une autorité presque absolue, bien que la plupart lui fussent très supérieurs par la naissance et par la fortune : ses connaissances étaient immenses, son ardeur d'étude infatigable, sa conversation brûlante, son caractère excellent. Après être parvenu par son mérite à la place de professeur et avoir publié un livre qui avait commencé sa réputation d'une manière très avantageuse, il est devenu fou furieux et actuellement, s'il n'est pas mort, il est enchaîné dans un cachot sur la paille. Misérable espèce humaine, qu'est-ce que de nous et de nos espérances !

Je vécus environ dix-huit mois à Édimbourg, m'amusant beaucoup, m'occupant assez et ne faisant dire que du bien de moi. Le malheur voulut qu'un petit Italien, qui me donnait des leçons de musique, me fit connaître une banque de pharaon que tenait son frère. Je jouai, je perdis, je fis des dettes à droite et à gauche, et tout mon séjour fut gâté.

Le temps que mon père avait fixé pour mon départ étant arrivé, je partis en promettant à mes créanciers de les payer, mais en les laissant fort mécontents et ayant donné contre moi des impressions très défavorables ; je passai par Londres où je m'arrêtai fort inutilement trois semaines, et j'arrivais à Paris dans le mois de mars 1785.

Mon père avait fait pour moi un arrangement qui m'aurait valu des agréments de tout genre si j'avais su et voulu en profiter. Je devais loger chez M. Suard qui réunissait chez lui beaucoup de gens de lettres, et qui avait promis de m'introduire dans la meilleure société de Paris. Mais mon appartement n'étant pas prêt, je débarquai dans un hôtel garni ; j'y fis connaissance avec un Anglais fort riche et fort libertin ; je voulus l'imiter dans ses folies, et je n'avais pas été un mois à Paris que j'avais des dettes par-dessus la tête. Il y avait bien un peu de la faute de mon père qui m'envoyait à dix-huit ans, sur ma bonne foi, dans un lieu où je ne pouvais manquer de faire fautes sur fautes. J'allai cependant à la fin loger chez M. Suard et ma conduite devint moins extravagante.

Mais les embarras dans lesquels je m'étais jeté en débutant eurent des suites qui influèrent sur tout mon séjour. Pour comble de malheur, mon père crut devoir me placer sous une surveillance quelconque, et s'adressa pour cet effet à un ministre protestant, chapelain de l'ambassadeur de Hollande. Celui-ci crut faire merveille en lui recommandant un nommé Baumier, qui s'était présenté à lui comme un protestant, persécuté pour cause de religion par sa famille. Ce Baumier était un homme perdu de mœurs, sans fortune, sans asile, un véritable chevalier d'industrie de la plus mauvaise espèce. Il tâcha de s'emparer de moi, en se mettant de moitié dans toutes les sottises que je voulais faire, et il ne tint pas à lui que je n'adoptasse le genre de vie le plus dissolu et le plus abject. Comme, indépendamment de tous ses vices, il était sans esprit, fort ennuyeux et très insolent, je me lassai bientôt d'un homme qui ne faisait que m'accompagner chez des filles et m'emprunter de l'argent, et nous nous brouillâmes. Il écrivit, je crois, à mon père, et il exagéra, je suppose, le mal qu'il y avait à dire de moi, quoique la vérité fût déjà très suffisante.

Mon père arriva lui-même à Paris et m'emmena à Bruxelles, où il me laissa pour retourner à son régiment. Je restai à Bruxelles depuis le mois d'août jusqu'à la fin de novembre, partageant mon temps entre les maisons d'Anet et d'Aremberg, anciennes connaissances de mon père, et qui, en cette qualité, me firent un très bon accueil, et une coterie de Genevois, plus obscure, mais qui me devint bien plus agréable.

Il y avait dans cette coterie une femme d'environ vingt-six à vingt-huit ans, d'une figure fort séduisante et d'un esprit fort distingué. Je me sentais entraîné vers elle, sans me l'avouer bien clairement, lorsque, par quelques mots qui me surprirent d'abord encore plus qu'ils ne me charmèrent, elle me laissa découvrir qu'elle m'aimait. Il y a, dans le moment où j'écris, vingt-cinq ans d'écoulés depuis le moment où je fis cette découverte, et j'éprouve encore un sentiment de reconnaissance en me retraçant le plaisir que j'en ressentis.

Madame Johannot, c'était son nom, s'est placée dans mon souvenir, différemment de toutes les femmes que j'ai connues : ma liaison avec elle a été bien courte et s'est réduite à bien peu de chose. Mais elle ne m'a fait acheter les sensations douces qu'elle m'a données par aucun mélange d'agitation ou de peine : et à quarante-quatre ans je lui sais encore gré du bonheur que je lui ai dû lorsque j'en avais dix-huit.

La pauvre femme a fini bien tristement. Mariée à un homme très méprisable de caractère et de mœurs très corrompues, elle fut d'abord traînée par lui à Paris, où il se mit au service du parti qui dominait, devint, quoique étranger, membre de la Convention, condamna le Roi à mort et continua jusqu'à la fin de cette trop célèbre Assemblée à y jouer un rôle lâche et équivoque. Elle fut ensuite reléguée dans un village d'Alsace pour faire place à une maîtresse que son mari entretenait dans sa maison. Elle fut enfin rappelée à Paris pour y vivre avec cette maîtresse que son mari voulait l'obliger à servir, et les mauvais traitements dont il l'accabla la poussèrent à s'empoisonner. J'étais alors à Paris moi-même et je demeurais dans son voisinage : mais j'ignorais qu'elle y fût, et elle est morte à quelques pas d'un homme qu'elle avait aimé et qui n'a jamais pu entendre prononcer son nom sans être ému jusqu'au fond de l'âme, elle est morte, dis-je, se croyant oubliée et abandonnée de toute la terre.

Il y avait à peine un mois que je jouissais de son amour, quand mon père vint me prendre pour me ramener en Suisse. Madame Johannot et moi nous nous écrivîmes de tristes et tendres lettres, au moment de mon départ. Elle me donna une adresse sous laquelle elle consentit à ce que je continuasse à lui écrire : mais elle ne me répondit pas. Je me consolai sans l'oublier, et l'on verra que bientôt d'autres objets prirent sa place. Je la revis deux ans après une seule fois à Paris, quelques années avant ses malheurs. Je me repris de goût pour elle. Je lui fis une seconde visite ; elle était partie : lorsqu'on me le dit, j'éprouvai une émotion d'une nature tout à fait extraordinaire par sa tristesse et sa violence. C'était une sorte de pressentiment funeste que sa fin déplorable n'a que trop justifié.

De retour en Suisse, je passai de nouveau quelque temps à la campagne, étudiant à bâtons rompus et m'occupant d'un ouvrage dont la première idée m'était venue à Bruxelles, et qui, depuis, n'a jamais cessé d'avoir un grand attrait pour moi : c'était une histoire du polythéisme. Je n'avais alors aucune des connaissances nécessaires pour écrire quatre lignes raisonnables sur un tel sujet. Nourri des principes de la philosophie du XVIII siècle et surtout des ouvrages d'Helvétius, je n'avais d'autre pensée que de contribuer pour ma part à la destruction de ce que j'appelais les préjugés. Je m'étais emparé d'une assertion de l'auteur de l'*Esprit,* qui prétend que la religion païenne était de beaucoup préférable au christianisme ; et je voulais appuyer cette assertion, que je n'avais ni approfondie, ni examinée, de quelques faits pris au hasard et de beaucoup d'épigrammes et de déclamations que je croyais neuves.

Si j'avais été moins paresseux, et que je me fusse moins abandonné à toutes les impressions qui m'agitaient, j'aurais peut-être achevé en deux ans un très mauvais livre, qui m'aurait fait une petite réputation éphémère dont j'eusse été bien satisfait. Une fois engagé par amour-propre, je n'aurais pu changer d'opinion : et le premier paradoxe ainsi adopté m'aurait enchaîné pour toute ma vie.

Si la paresse a des inconvénients, elle a bien aussi des avantages. Je ne me bornai pas longtemps à mener une vie paisible et studieuse, de nouvelles amours vinrent me distraire, et comme j'avais trois ans de plus qu'à Erlangen, je fis aussi trois fois plus de folies. L'objet de ma passion était une Anglaise, d'environ trente à trente-cinq ans, femme de l'ambassadeur d'Angleterre à Turin. Elle avait été très belle et avait encore un très joli regard, des dents superbes, et un charmant sourire. Sa maison était fort agréable, on y jouait beaucoup, de sorte que je trouvais à y contenter un goût plus vif encore que celui que la dame elle-même m'inspirait.

Madame Trevor était extrêmement coquette et avait le petit esprit fin et maniéré que la coquetterie donne aux femmes qui n'en ont pas d'autre. Elle vivait assez mal avec son mari dont elle était presque toujours séparée, et il y avait toujours à sa suite cinq ou six jeunes Anglais. Je commençai par me jeter dans sa société parce qu'elle était plus brillante et plus animée que toute autre à Lausanne. Ensuite, voyant que la plupart des jeunes gens qui l'entouraient lui faisaient la cour, je me mis en tête de lui plaire. Je lui écrivis une belle lettre pour lui déclarer que j'étais amoureux d'elle. Je lui remis cette lettre un soir, et retournai le lendemain pour recevoir sa réponse. L'agitation que me causait l'incertitude sur le résultat de ma démarche m'avait donné une sorte de fièvre qui ressemblait assez à la passion que d'abord je n'avais voulu que feindre. Madame Trevor me répondit par écrit, comme cela était indiqué dans la circonstance. Elle me parlait de ses liens et m'offrait la plus tendre amitié. J'aurais dû ne pas m'arrêter à ce mot et voir jusqu'où cette amitié nous aurait conduits. Au lieu de cela, je crus adroit de montrer le plus violent désespoir de ce qu'elle ne m'offrait que de l'amitié en échange de mon amour : et me voilà à me rouler par terre et à me frapper la tête contre la muraille sur ce malheureux mot d'amitié. La pauvre femme, qui probablement avait eu affaire à des gens plus avisés, ne savait comment se conduire dans cette scène, d'autant plus embarrassante pour elle que je ne faisais aucun mouvement qui la mît à même de la terminer d'une manière agréable pour tous deux.

Je me tenais toujours à dix pas et quand elle s'approchait de moi pour me calmer ou me consoler, je m'éloignais en lui répétant que, puisqu'elle n'avait pour moi que de l'amitié, il ne me restait plus qu'à mourir. Elle ne put tirer de moi autre chose pendant quatre heures, et je m'en allai, la laissant, je crois, très ennuyée d'un amant qui disputait sur un synonyme.

Je passai de la sorte trois ou quatre mois, devenant chaque jour plus amoureux, parce que je me butais chaque jour plus contre une difficulté que j'avais créée moi-même, et ramené d'ailleurs chez madame Trevor, au moins autant par mon goût pour le jeu que par mon ridicule amour ; madame Trevor se prêtait à la bizarrerie de mon manège avec une patience admirable. Elle répondait à toutes mes lettres, me recevait chez elle tête à tête et me gardait jusqu'à trois heures du matin. Mais elle n'y gagna rien ni moi non plus. J'étais d'une timidité excessive, et d'un emportement frénétique ; je ne savais pas encore qu'il fallait prendre au lieu de demander ; je demandais toujours et ne prenais jamais. Madame Trevor dut me trouver un amant d'une singulière espèce. Mais comme les femmes aiment toujours tout ce qui prouve qu'elles sont propres à inspirer une grande passion, elle s'accommoda de mes manières et ne m'en reçut pas plus mal.

Je devins jaloux d'un Anglais qui ne se souciait pas le moins du monde de madame Trevor. Je voulus le forcer à se battre avec moi. Il crut m'apaiser en me déclarant que loin d'aller sur mes brisées, il ne trouvait pas même madame Trevor agréable. Je voulus alors me battre avec lui parce qu'il ne rendait pas justice à la femme que j'aimais. Nos pistolets étaient déjà chargés lorsque mon Anglais, qui n'avait aucune envie d'un duel aussi ridicule, s'en tira fort adroitement. Il voulut des seconds et m'annonça qu'il leur dirait pourquoi je lui avais cherché querelle. J'eus beau lui représenter qu'il devait me garder un pareil secret, il se moqua de moi, et je dus renoncer à ma brillante entreprise pour ne pas compromettre la dame de mes pensées.

L'hiver étant venu, mon père me dit de me préparer à le suivre à Paris. Mon désespoir fut sans bornes. Madame Trevor y parut très sensible. Je la pris souvent dans mes bras, j'arrosai ses mains de mes larmes, j'allai passer des nuits à pleurer sur un banc où je l'avais vue assise ; elle pleurait avec moi ; et si j'avais voulu ne plus disputer sur les mots, j'aurais peut-être eu des succès plus complets. Mais tout se borna à un chaste baiser sur des lèvres tant soit peu fanées. Je partis enfin dans un état de douleur inexprimable. Madame Trevor me promit de m'écrire, et on m'emmena.

Ma souffrance était tellement visible qu'encore deux jours après, un de mes cousins, qui voyageait avec nous, voulut proposer à mon père de me renvoyer en Suisse, persuadé qu'il était que je ne soutiendrais pas le voyage. Enfin, je le soutins et nous arrivâmes. Je trouvai une lettre de madame Trevor. La lettre était froide, mais je lui sus gré de m'avoir tenu sa promesse. Je répondis dans le langage de l'amour le plus passionné. J'obtins une seconde lettre un peu plus insignifiante que la première ; de mon côté, je me refroidis pendant que nos lettres couraient la poste ; je n'écrivis plus, et notre liaison finit.

Je revis pourtant madame Trevor à Paris, trois mois après : je n'éprouvai aucune émotion, et je crois que la sienne ne fut causée que par la surprise de voir en moi un détachement aussi complet. La pauvre femme continua encore quelques années son métier de coquette, et se donna beaucoup de ridicules, puis elle retourna en Angleterre où elle devint, m'a-t-on dit, à peu près folle d'attaques de nerfs.

Ces premiers mois de mon séjour à Paris furent très agréables. Je fus parfaitement reçu par la société de M. Suard, chez qui j'allai demeurer de nouveau. Mon esprit qui manquait alors tout à fait de solidité et de justesse, mais qui avait une tournure épigrammatique très amusante, mes connaissances qui, bien que fort décousues, étaient supérieures à celles de la plupart des gens de lettres de la génération qui s'élevait, l'originalité de mon caractère, tout cela parut piquant. Je fus fêté par toutes les femmes de la coterie de madame Suard, et les hommes pardonnèrent à mon âge une impertinence qui, n'étant pas dans les manières, mais dans les jugements, était moins aperçue et moins offensante. Cependant quand je me souviens de ce que je disais alors et du dédain raisonné que je témoignais à tout le monde, je suis encore à concevoir comment on a pu le tolérer. Je me rappelle qu'un jour, rencontrant un des hommes de notre société qui avait trente ans de plus que moi, je me mis à causer avec lui, et ma conversation roula comme à l'ordinaire sur les ridicules de tous ceux que nous voyions tous les jours. Après m'être bien moqué de chacun l'un après l'autre, je pris tout à coup celui avec lequel j'avais causé, par la main, et je lui dis :

– Je vous ai bien fait rire aux dépens de tous nos amis, mais n'allez pas croire que, parce que je me suis moqué d'eux avec vous, je sois tenu à ne pas me moquer de vous avec eux ; je vous avertis que nous n'avons point fait ce traité.

Le jeu qui m'avait déjà causé tant de peines, et qui m'en a tant causées depuis, vint troubler ma vie et gâter tout ce que la bonté de mon père avait fait pour moi.

J'avais connu en Suisse chez madame Trevor une vieille Française, madame de Bourbonne, joueuse à l'excès, d'ailleurs bonne femme et assez originale : elle jouait en voiture, elle jouait au lit, elle jouait au bain, le matin, la nuit, le soir, toujours et partout, quand elle le pouvait. J'allai la voir à Paris, elle y avait tous les jours un quinze, et je m'empressai d'en être. J'y perdais régulièrement tout ce que j'apportais, et j'y apportais tout ce qu'on me payait par ordre de mon père et tout ce que je pouvais emprunter, ce qui heureusement n'était pas très considérable, quoique je ne négligeasse aucun moyen de faire des dettes.

Il m'arriva à ce sujet une aventure assez plaisante, avec une des plus vieilles femmes de la société de madame Suard. C'était madame Saurin, femme de Saurin le philosophe et l'auteur de

Spartacus. Elle avait été fort belle et s'en souvenait toute seule, car elle avait soixante-cinq ans. Elle m'avait témoigné beaucoup d'amitié, et bien que j'eusse le tort de me moquer un peu d'elle, j'avais en elle plus de confiance qu'en toute autre personne à Paris. Un jour je venais de perdre chez madame de Bourbonne tout l'argent que j'avais, et tout ce que j'avais pu jouer sur parole. Embarrassé de payer, je m'avisai de recourir à madame Saurin jour qu'elle me prêtât ce qui me manquait. Mais désapprouvant moi-même la démarche que je faisais, je lui écrivis au lieu de lui en parler, et je lui fis dire que je viendrais prendre sa réponse dans l'après-dînée. J'y fus en effet. Je la trouvai seule. Ma timidité naturelle, augmentée par la circonstance, fit que j'attendis longtemps qu'elle me parlât de mon billet. Enfin, comme elle ne m'en disait pas un mot, je me déterminai à rompre le silence, et je commençai en rougissant, en baissant les yeux, et d'une voix fort émue :

- Vous serez peut-être étonnée, lui dis-je, de la démarche que je fais. Je serais bien fâché de vous avoir donné contre moi des impressions défavorables par une chose que je ne vous aurais pas confiée, si votre affection si douce pour moi ne m'y avait encouragé : l'aveu que je vous ai fait et dont votre silence me fait craindre que vous ne soyez blessée, m'a été arraché par un mouvement irrésistible de confiance en vous.

Je disais tout cela en m'arrêtant à chaque mot, et sans regarder madame Saurin. Comme pourtant elle ne répondait point, je levai les yeux, et je vis par son air de surprise qu'elle ne concevait rien à ma harangue.

Je lui demandai si elle n'avait pas reçu ma lettre. Il se trouva que non. Me voilà bien plus interdit, et j'aurais volontiers repris toutes mes paroles, sauf à trouver d'autres moyens de sortir de l'embarras où je me trouvais. Mais il n'y avait plus de ressources. Il fallait achever. Je repris donc :

- Vous avez été si bonne pour moi, vous m'avez témoigné tant d'intérêt. Peut-être en ai-je trop présumé. Mais il y a des moments où la tête d'un homme se perd. Je ne me consolerais jamais si j'avais porté atteinte à votre amitié. Permettez moi de ne plus vous parler de cette malheureuse lettre. Laissez-moi vous cacher ce qui ne m'était échappé que dans un moment de trouble…

– Non, me dit-elle, pourquoi doutez-vous de mon cœur ? Je veux tout savoir, achevez, achevez.

Et elle couvrit de ses mains son visage, et elle tremblait de tout son corps. Je vis clairement qu'elle avait pris tout ce que je venais de lui dire pour une déclaration d'amour. Ce quiproquo, son émotion, et un grand lit de damas rouge qui était à deux pas de nous, me jetèrent dans une inexprimable terreur. Mais je devins furieux comme un poltron révolté et je me hâtai de dissiper l'équivoque.

– Au fond, lui dis-je, je ne sais pourquoi je vous ennuie si longtemps d'une chose fort peu importante. J'ai eu la sottise de jouer, j'ai perdu un peu plus que je n'ai en ce moment, et je vous ai écrit pour savoir si vous pourriez me rendre le service de me prêter ce qui me manque pour m'acquitter.

Madame Saurin resta immobile. Ses mains descendirent de son visage qu'il n'était plus nécessaire de couvrir. Elle se leva sans mot dire et me compta l'argent que je lui avais demandé. Nous étions si confondus, elle et moi, que tout se passa en silence. Je n'ouvris même pas la bouche pour la remercier.

II

Ce fut à cette époque (1787) que je fis connaissance avec la première femme d'un esprit supérieur que j'aie connue, et l'une de celles qui en avait le plus que j'aie jamais rencontrée. Elle se nommait madame de Charrière. C'était une Hollandaise d'une des premières familles de ce pays, et qui, dans sa jeunesse, avait fait beaucoup de bruit par son esprit et la bizarrerie de son caractère. À trente ans passés, après beaucoup de passions, dont quelques-unes avaient été assez malheureuses, elle avait épousé, malgré sa famille, le précepteur de ses frères, homme d'esprit, d'un caractère délicat et noble, mais le plus froid et le plus flegmatique que l'on puisse imaginer. Durant les premières années de son mariage, sa femme l'avait beaucoup tourmenté pour lui imprimer un mouvement égal au sien ; et le chagrin de n'y parvenir que par moments avait bien vite détruit le bonheur qu'elle s'était promis dans cette union à quelques égards disproportionnée. Un homme beaucoup plus jeune qu'elle, d'un esprit très médiocre, mais d'une belle figure, lui avait inspiré un goût très vif. Je n'ai jamais su tous les détails de cette passion : mais ce qu'elle m'en a dit et ce qui m'a été raconté d'ailleurs a suffi pour m'apprendre qu'elle en avait été fort agitée et fort malheureuse, que le mécontentement de son mari avait troublé l'intérieur de sa vie, et qu'enfin le jeune homme qui en était l'objet l'ayant abandonnée pour une autre femme qu'il a épousée, elle avait passé quelque temps dans le plus affreux désespoir. Ce désespoir a tourné à bien pour sa réputation littéraire, car il lui a inspiré le plus joli des ouvrages qu'elle ait faits : il est intitulé *Caliste,* et fait partie d'un roman qui a été publié sous le titre de *Lettres écrites de Lausanne.*

Elle était occupée à faire imprimer ce livre quand je fis connaissance avec elle. Son esprit m'enchanta. Nous passâmes des jours et des nuits à causer ensemble. Elle était très sévère dans ses jugements sur tous ceux qu'elle voyait. J'étais très moqueur de ma nature. Nous nous convînmes parfaitement. Mais nous nous trouvâmes bientôt l'un avec l'autre des rapports plus intimes et plus essentiels. Madame de Charrière avait une manière si originale et si animée de considérer la vie, un tel mépris pour les préjugés, tant de force dans ses pensées, et une supériorité si vigoureuse et si dédaigneuse sur le commun des hommes, que dans ma disposition, à vingt ans, bizarre et dédaigneux que j'étais aussi, sa conversation m'était une jouissance jusqu'alors inconnue. Je m'y livrai avec transport. Son mari, qui était un très honnête homme, et qui avait de l'affection et de la reconnaissance pour elle, ne l'avait menée à Paris que pour la distraire de la tristesse où l'avait jetée l'abandon de l'homme qu'elle avait aimé. Elle avait vingt-sept ans de plus que moi, de sorte que notre liaison ne pouvait l'inquiéter. Il en fut charmé et l'encouragea de toutes ses forces. Je me souviens encore avec émotion des jours et des nuits que nous passâmes ensemble à boire du thé et à causer sur tous les sujets avec une ardeur inépuisable. Cette nouvelle passion n'absorbait pas néanmoins tout mon temps. Il m'en restait malheureusement assez pour faire beaucoup de dettes. Une femme qui de Paris correspondait avec mon père l'avertit de ma conduite, mais lui écrivit en même temps que je pourrais tout réparer si je parvenais à épouser une jeune personne qui était de la société dans laquelle je vivais habituellement et qui devait avoir quatre-vingt-dix mille francs de rente. Cette idée séduisit beaucoup mon père, ce qui était fort naturel.

Il me la communiqua dans une lettre qui contenait d'ailleurs beaucoup et de très justes reproches, et où il finissait par me déclarer qu'il ne consentirait à la prolongation de mon séjour à Paris que si j'essayais de réaliser ce projet avantageux et si je croyais avoir quelque chance de réussir.

La personne dont il s'agissait avait seize ans et était très jolie. Sa mère m'avait reçu depuis mon arrivée avec beaucoup d'amitié. Je me voyais placé entre la nécessité de tenter au moins une chose dont le résultat m'aurait fort convenu, ou celle de quitter une ville où je m'amusais beaucoup pour aller rejoindre mon père qui m'annonçait un grand mécontentement. Je n'hésitai pas à risquer la chose. Je commençai, suivant l'usage, par écrire à la mère pour lui demander la main de sa fille. Elle me répondit fort amicalement, mais par un refus motivé sur ce que sa fille était déjà promise à un homme qui devait l'épouser dans quelques mois. Cependant, je ne crois point qu'elle considérât elle-même ce refus comme irrévocable ; car, d'un côté, j'ai su depuis qu'elle avait fait prendre en Suisse des informations sur ma fortune, et de l'autre, elle me donnait toutes les occasions qu'elle pouvait de parler tête à tête avec sa fille. Mais je me conduisis en vrai fou ! Au lieu de profiter de la bienveillance de la mère qui, tout en me refusant, m'avait témoigné de l'amitié, je voulus commencer un roman avec la fille, et je le commençai de la manière la plus absurde. Je n'essayai point de lui plaire ; je ne lui dis pas même un mot de mon sentiment. Je continuai à causer le plus timidement du monde avec elle quand je la trouvais seule. Mais je lui écrivis une belle lettre comme à une personne que ses parents voulaient marier malgré elle à un homme qu'elle n'aimait pas, et je lui proposai de l'enlever. Sa mère, à qui sans doute elle montra cette étrange lettre, eut pour moi l'indulgence de laisser sa fille me répondre comme si elle ne l'en avait pas instruite.

Mademoiselle Pourras - elle s'appelait ainsi - m'écrivit que c'était à ses parents à décider de son sort, et qu'il ne lui convenait pas de recevoir des lettres - d'un homme. Je ne me le tins pas pour dit et je recommençai de plus belle mes propositions d'enlèvement, de délivrance, de protection contre le mariage qu'on voulait la forcer à contracter. On eût dit que j'écrivais à une victime qui avait imploré mon secours, et à une personne qui avait pour moi toute la passion que je croyais ressentir pour elle : et dans le fait, toutes mes épîtres chevaleresques étaient adressées à une petite personne très raisonnable qui ne m'aimait pas du tout, qui n'avait aucune répugnance pour l'homme qu'on lui avait proposé, et qui ne m'avait donné ni l'occasion ni le droit de lui écrire de la sorte. Mais j'avais enfilé cette route et pour le diable je n'en voulais pas sortir.

Ce qu'il y avait de plus inexplicable c'est que, lorsque je voyais mademoiselle Pourras, je ne lui disais pas un mot qui eût du rapport avec mes lettres. Sa mère me laissait toujours seul avec elle, malgré mes extravagantes propositions dont sûrement elle avait connaissance, et c'est ce qui me confirme dans l'idée que j'aurais pu encore réussir. Mais loin de profiter de ces occasions, je devenais, dès que je me trouvais seul avec mademoiselle Pourras, d'une timidité extrême. Je ne lui parlais que de choses insignifiantes et je ne faisais pas même une allusion aux lettres que je lui écrivais chaque jour, ni au sentiment qui me dictait ces lettres.

Enfin, une circonstance dans laquelle je n'étais pour rien, amena une crise qui termina tout. Madame Pourras, qui avait été galante toute sa vie, avait encore un amant en titre. Depuis que je lui avais demandé sa fille, elle avait continué à me traiter avec amitié, avait toujours paru ignorer mon absurde correspondance et, pendant que j'écrivais tous les jours à la fille pour lui proposer de l'enlever, je prenais la mère pour confidente de mon sentiment et de mon malheur : le tout, je dois le dire, sans aucune réflexion et sans la moindre mauvaise foi. Mais j'avais enfilé cette route avec l'une et avec l'autre. J'avais donc avec madame Pourras de longues conversations, tête à tête. Son amant en prit ombrage. Il y eut des scènes violentes, et madame Pourras qui, ayant près de cinquante ans, ne voulait pas perdre cet amant qui pouvait être le dernier, résolut de le rassurer. Je ne me doutais de rien et j'étais un jour à faire à madame Pourras mes lamentations habituelles, lorsque M. de Sainte-Croix – c'était le nom de l'amant – parut tout à coup et montra beaucoup d'humeur. Madame Pourras me prit par la main, me mena vers lui, et me demanda de lui déclarer solennellement si ce n'était pas de sa fille que j'étais amoureux, si ce n'était pas sa fille que j'avais demandée en mariage, et si elle n'était pas tout à fait étrangère à mes assiduités dans sa maison. Elle n'avait vu dans la déclaration exigée de moi qu'un moyen de mettre fin aux ombrages de M. de Sainte-Croix. J'envisageai la chose sous un autre point de vue, je me vis traîné devant un étranger pour lui avouer que j'étais un amant malheureux, un homme repoussé par la mère et par la fille. Mon amour-propre blessé me jeta dans un vrai délire. Par hasard, j'avais emporté dans ma poche une petite bouteille d'opium que je trimballais avec moi depuis quelque temps. C'était en suite de ma liaison avec madame de Charrière, qui prenant beaucoup d'opium dans sa maladie, m'avait donné l'idée d'en avoir, et dont la conversation toujours abondante, vigoureuse, mais très bizarre, me tenait dans une espèce d'ivresse spirituelle, qui n'a pas peu contribué à toutes les sottises que j'ai faites à cette époque.

Je répétais sans cesse que je voulais me tuer, et à force de le dire je parvenais presque à le croire, quoique dans le fond je n'en eusse pas la moindre envie. Ayant donc mon opium en poche au moment où je me vis traduit en spectacle devant M. de Sainte-Croix, j'éprouvai une espèce d'embarras dont il me parut plus facile de me tirer par une scène que par une conversation tranquille. Je prévoyais que M. de Sainte-Croix me ferait des questions, me témoignerait de l'intérêt, et comme je me trouvais humilié, ces questions, cet intérêt, tout ce qui pouvait prolonger la situation m'était insupportable.

J'étais sûr qu'en avalant mon opium je ferais diversion à tout cela. Ensuite, j'avais depuis longtemps dans la tête, que de vouloir se tuer pour une femme, c'était un moyen de lui plaire.

Cette idée n'est pas exactement vraie. Quand on plaît déjà à une femme et qu'elle ne demande qu'à se rendre, il est bon de la menacer de se tuer parce qu'on lui fournit un prétexte décisif, rapide et honorable. Mais quand on n'est point aimé, ni la menace ni la chose ne produisent aucun effet. Dans toute mon aventure avec mademoiselle Pourras, il y avait une erreur fondamentale, c'est que je jouais le roman à moi tout seul. Lors donc que madame Pourras eut fini son interrogatoire, je lui dis que je la remerciais de m'avoir mis dans une situation qui ne me laissait plus qu'un parti à prendre, et je tirai ma petit fiole que je portai à mes lèvres. Je me souviens que, dans le court instant qui s'écoula pendant que je fis cette opération, je me faisais un dilemme qui acheva de me décider.

« Si j'en meurs, me dis-je, tout sera fini ; et si l'on me sauve, il est impossible que mademoiselle Pourras ne s'attendrisse pas pour un homme qui aura voulu se tuer pour elle. »

J'avalai donc mon opium. Je ne crois pas qu'il y en eût assez pour me faire grand mal et comme M. de Sainte-Croix se jeta sur moi, j'en répandis plus de la moitié par terre. On fut fort effrayé. On me fit prendre des acides pour détruire l'effet de l'opium. Je fis ce qu'on voulut avec une docilité parfaite, non que j'eusse peur, mais parce que l'on aurait insisté, et que j'aurais trouvé ennuyeux de me débattre. Quand je dis que je n'avais pas peur, ce n'est pas que je susse combien il y avait peu de danger. Je ne connaissais point les effets que l'opium produit, et je les croyais beaucoup plus terribles. Mais d'après mon dilemme, j'étais tout à fait indifférent au résultat. Cependant, ma complaisance à me laisser donner tout ce qui pouvait empêcher l'effet de ce que je venais de faire dut persuader les spectateurs qu'il n'y avait rien de sérieux dans toute cette tragédie.

Ce n'est pas la seule fois dans ma vie qu'après une action d'éclat, je me suis soudainement ennuyé de la solennité qui aurait été nécessaire pour la soutenir et que, d'ennui, j'ai défait mon propre ouvrage. Après qu'on m'eut administré tous les remèdes qu'on crut utiles, on me fit un petit sermon d'un air moitié compatissant, moitié doctoral, que j'écoutai d'un air tragique ; mademoiselle Pourras entra, car elle n'y était pas pendant que je faisais toutes mes folies pour elle, et j'eus l'inconséquente délicatesse de seconder la mère dans ses efforts pour que la fille ne s'aperçût de rien. Mademoiselle Pourras arriva, toute parée pour aller à l'Opéra où l'on donnait le *Tarare* de Beaumarchais pour la première fois. Madame Pourras me proposa de m'y mener, j'acceptai : et mon empoisonnement finit, pour que tout fût tragi-comique dans cette affaire, par une soirée à l'Opéra. J'y fus même d'une gaieté folle, soit que l'opium eût produit sur moi cet effet, soit, ce qui me paraît plus probable, que je m'ennuyasse de tout ce qui s'était passé de lugubre, et que j'eusse besoin de m'amuser.

Le lendemain, madame Pourras, qui vit la nécessité de mettre un terme à mes extravagances, prit pour prétexte mes lettres à sa fille, dont elle feignit n'avoir été instruite que le jour même, et m'écrivit que j'avais abusé de sa confiance en proposant à sa fille de l'enlever pendant que j'étais reçu chez elle. En conséquence, elle me déclara qu'elle ne me recevrait plus, et pour m'ôter tout espoir et tout moyen de continuer mes tentatives, elle fit venir M. de Charrière qu'elle pria d'interroger lui-même sa fille sur ses sentiments pour moi. Mademoiselle Pourras répondit très nettement à M. de Charrière que je ne lui avais jamais parlé d'amour, qu'elle avait été fort étonnée de mes lettres, qu'elle n'avait jamais rien fait et ne m'avait jamais rien dit qui pût m'autoriser à des propositions pareilles, qu'elle ne m'aimait point, qu'elle était très contente du mariage que ses parents projetaient pour elle, et qu'elle se réunissait très librement à sa mère dans ses déterminations à mon égard. M. de Charrière me rendit compte de cette conversation, en ajoutant que, s'il eût aperçu dans la jeune personne la moindre inclination pour moi, il eût essayé de déterminer la mère en ma faveur.

Ainsi se termina l'aventure. Je ne puis dire que j'en éprouvasse une grande peine. Ma tête s'était bien montée de temps à autre ; l'irritation de l'obstacle m'avait inspiré une espèce d'acharnement ; la crainte d'être obligé de retourner vers mon père m'avait fait persévérer dans une tentative désespérée ; ma mauvaise tête m'avait fait choisir les plus absurdes moyens que ma timidité avait rendus encore plus absurdes. Mais il n'y avait, je crois, jamais eu d'amour au fond de mon cœur. Ce qu'il y a de sûr, c'est que le lendemain du jour où il fallut renoncer à ce projet, je fus complètement consolé.

La personne qui, même pendant que je faisais toutes ces enrageries, occupait véritablement ma tête et mon cœur, c'était madame de Charrière. Au milieu de toute l'agitation de mes lettres romanesques, de mes propositions d'enlèvement, de mes menaces de suicide et de mon empoisonnement théâtral, je passai des heures, des nuits entières à causer avec madame de Charrière, et pendant ces conversations, j'oubliai mes inquiétudes sur mon père, mes dettes, mademoiselle Pourras et le monde entier. Je suis convaincu que, sans ces conversations, ma conduite eût été beaucoup moins folle. Toutes les opinions de madame de Charrière reposaient sur le mépris de toutes les convenances et de tous les usages. Nous nous moquions à qui mieux mieux de tous ceux que nous voyions : nous nous enivrions de nos plaisanteries et de notre mépris de l'espèce humaine, et il résultait de tout cela que j'agissais comme j'avais parlé, riant quelquefois comme un fou une demi-heure après de ce que j'avais fait de très bonne foi dans le désespoir une demi-heure avant. La fin de tous mes projets sur mademoiselle Pourras me réunit plus étroitement encore avec madame de Charrière : elle était la seule personne avec qui je causasse en liberté, parce qu'elle était la seule qui ne m'ennuyât pas de conseils et de représentations sur ma conduite.

Des autres femmes de la société où je vivais, les unes s'intéressant à moi par amitié, me prêchaient dès qu'elles en trouvaient l'occasion. Les autres auraient eu quelque envie, je crois, de se charger de faire l'éducation d'un jeune homme qui paraissait si passionné, et me le faisaient entendre d'une manière assez claire. Madame Suard avait conçu le dessein de me marier. Elle voulait me faire épouser une jeune fille de seize ans, assez spirituelle, fort affectée, point jolie, et qui devait être riche, après la mort d'un oncle âgé. Par parenthèse, au moment où j'écris en 1811, l'oncle vit encore. La jeune personne, qui s'est mariée depuis à M. Pastoret, célèbre dans la Révolution, par sa niaiserie, a eu quelques aventures, a voulu divorcer pour épouser un homme que j'ai beaucoup connu, dont je parlerai dans la suite, et dont elle a eu un enfant, a fait quelques folies pour arriver à ce but, puis, l'ayant manqué, s'est jetée avec beaucoup d'art dans la pruderie, et est aujourd'hui l'une des femmes les plus considérées de Paris. À l'époque où madame Suard me la proposa, elle avait une envie extrême d'avoir un mari, et elle le disait de très bonne foi à tout le monde. Mais ni les projets de madame Suard, ni les avances de quelques vieilles femmes, ni les sermons de quelques autres, ne produisaient d'effet sur moi. Comme mariage, je ne voulais que mademoiselle Pourras.

Comme figure, c'était encore mademoiselle Pourras que je préférais. Comme esprit, je ne voyais, n'entendais, ne chérissais que madame de Charrière. Ce n'est pas que je ne profitasse du peu d'heures où nous étions séparés, pour faire encore d'autres sottises.

Je ne sais qui me présenta chez une fille qui se faisait appeler la comtesse de Linières. Elle était de Lausanne où son père était boucher. Un jeune Anglais l'avait enlevée, en mettant le feu à la maison où elle demeurait, et elle avait continué, après avoir été quittée par ce premier amant, à faire un métier que sa jolie figure rendait lucratif. Ayant amassé quelque argent, elle s'était fait épouser par un M. de Linières qui était mort, et devenue veuve et comtesse, elle tenait une maison de jeu. Elle avait bien quarante-cinq ans, mais pour ne pas renoncer entièrement à son premier état, elle avait fait venir une jeune sœur d'environ vingt ans, grande, fraîche, bien faite et bête à faire plaisir. Il y venait en hommes quelques gens comme il faut, et beaucoup d'escrocs. On y tomba sur moi à qui mieux mieux. Je passais la moitié des nuits à y perdre mon argent : puis, j'allais causer avec madame de Charrière qui ne se couchait qu'à six heures du matin, et je dormais la moitié du jour. Je ne sais si ce beau genre de vie parvint aux oreilles de mon père, ou si la seule nouvelle de mon peu de succès auprès de mademoiselle Pourras le décida à me faire quitter Paris. Mais au moment où je m'y attendais le moins, je vis arriver chez moi un M. Benay, lieutenant dans son régiment, chargé de me conduire auprès de lui à Bois-le-Duc.

J'avais le sentiment que je méritais beaucoup de reproches, et l'espèce de chaos d'idées où la conversation de madame de Charrière m'avait jeté me rendait d'avance, tout ce que je me croyais destiné à entendre, insupportable. Je me résignai cependant et l'idée de ne pas obéir à mon père ne me vint pas. Mais une difficulté de voiture retarda notre départ. Mon père m'avait laissé à Paris une vieille voiture dans laquelle nous étions venus, et, dans mes embarras d'argent, j'avais trouvé bon de la vendre. M. Benay, comptant sur cette voiture, était venu dans un petit cabriolet à une place. Nous essayâmes de trouver une chaise de poste chez le sellier qui m'avait acheté celle de mon père : mais il n'en avait point ou ne voulut pas nous en prêter. Cette difficulté nous arrêta tout un jour. Pendant cette journée, ma tête continua à fermenter, et la conversation de madame de Charrière ne contribua pas peu à cette fermentation. Elle ne prévoyait sûrement pas l'effet qu'elle produirait sur moi. Mais en m'entretenant sans cesse de la bêtise de l'espèce humaine, de l'absurdité des préjugés, en partageant mon admiration pour tout ce qui était bizarre, extraordinaire, original, elle finit par m'inspirer une soif véritable de me trouver aussi moi-même hors de la loi commune. Je ne formai pourtant point de projets, mais je ne sais dans quelle idée confuse, j'empruntai à tout hasard à madame de Charrière une trentaine de louis.

Le lendemain M. Benay vint délibérer avec moi sur la manière dont nous cheminerions, et nous convînmes que nous nous suivrions dans des voitures à une place en nous y arrangeant du mieux que nous pourrions. Comme il n'avait jamais vu Paris, je lui proposai de ne partir que le soir, et il y consentit facilement. Je n'avais aucun motif bien déterminé dans cette proposition, mais elle retardait d'autant un instant que je craignais. J'avais mes trente louis dans ma poche et je sentais une espèce de plaisir à me dire que j'étais encore le maître de faire ce que je voudrais. Nous allâmes dîner au Palais-Royal. Le hasard fit qu'à côté de moi se trouva un homme que j'avais vu quelquefois chez madame de Bourbonne, et avec lequel j'avais causé volontiers parce qu'il avait assez d'esprit. Je me souviens encore de son nom que la circonstance où je l'ai vu pour la dernière fois (c'était ce jour-là, le 24 juin 1787) a gravé dans ma mémoire. Il s'appelait le chevalier de la Roche Saint-André, grand chimiste, homme à talents, jouant gros jeu et très recherché. Je l'abordai, et, plein que j'étais de ma situation, je le pris à part et je lui en parlai à cœur ouvert. Il m'écouta probablement avec assez de distraction comme je l'aurais fait à sa place.

Dans le cours de ma harangue je lui dis que j'avais quelquefois envie d'en finir en me sauvant :

– Et où donc ? me dit-il assez négligemment.

– Mais en Angleterre, répondis-je.

– Mais oui, reprit-il, c'est un beau pays, et on y est bien libre.

– Tout serait arrangé, lui dis-je, quand je reviendrais.

– Sûrement, répliqua-t-il, avec le temps tout s'arrange.

M. Benay s'approcha, et je retournai finir avec lui le dîner que j'avais commencé. Mais ma conversation avec M. de la Roche Saint-André avait agi sur moi de deux manières ; 1° en me montrant que les autres attacheraient très peu d'importance à une escapade qui jusqu'alors m'avait paru la chose la plus terrible ; 2° en me faisant penser à l'Angleterre, ce qui donnait une direction à ma course, si je m'échappais. Sans doute cela ne faisait pas que j'eusse le moindre motif pour aller en Angleterre plutôt qu'ailleurs, ou que je pusse y espérer la moindre ressource : mais enfin, mon imagination était dirigée vers un pays plus que vers un autre. Cependant, je n'éprouvai d'abord qu'une sorte d'impatience de ce que le moment où ma décision était encore en mon pouvoir allait expirer ou plutôt de ce que ce moment était passé ; car nous devions monter en voiture d'abord après dîner, et il était probable que M. Benay ne me quitterait plus jusque-là. Comme nous sortions de table, je rencontrai le chevalier de la Roche, qui me dit en riant :

– Eh bien ! vous n'êtes pas encore parti ?

Ce mot redoubla mon regret de n'être plus libre de le faire. Nous rentrâmes, nous fîmes nos paquets, la voiture vint, nous y montâmes. Je soupirai en me disant que pour cette fois tout était décidé, et je pressai avec humeur mes inutiles trente louis dans ma poche. Nous étions horriblement serrés dans le petit cabriolet à une place. J'étais dans le fond, et M. Benay, qui était assez grand et surtout fort gros, était assis sur une petite chaise, entre mes jambes, secoué et perdant l'équilibre à chaque cahot pour donner de la tête à droite ou à gauche. Nous avions à peine fait dix pas qu'il commença à se plaindre. Je renchéris sur ses plaintes, parce que l'idée me vint que, si nous retournions à la maison, je me retrouverais en liberté de faire de nouveau ce que je voudrais. En effet, nous n'étions pas encore hors de la barrière, qu'il déclara qu'il lui était impossible d'y tenir, et me demanda de renvoyer au lendemain et de chercher une autre manière de voyager. J'y consentis, je le ramenai à son hôtel, et me voilà chez moi à onze heures du soir, ayant dix ou douze heures pour délibérer.

Je n'en mis pas autant à me décider à une folie beaucoup plus grave et beaucoup plus coupable qu'aucune de celles que j'avais encore faites. Je ne l'envisageai pas ainsi. J'avais la tête tournée et par la crainte de revoir mon père et par tous les sophismes que j'avais répétés et entendu répéter sur l'indépendance. Je me promenai une demi-heure dans ma chambre, puis prenant une chemise et mes trente louis, je descendis l'escalier, je demandai le cordon, la porte s'ouvrit, je sautai dans la rue. Je ne savais point encore ce que je voulais faire. En général, ce qui m'a le plus aidé dans ma vie à prendre des partis très absurdes, mais qui semblaient du moins supposer une grande décision de caractère, c'est précisément l'absence complète de cette décision, et le sentiment que j'ai toujours eu, que ce que je faisais n'était rien moins qu'irrévocable dans mon esprit. De la sorte, rassuré par mon incertitude même sur les conséquences d'une folie que je me disais que je ne ferais peut-être pas, j'ai fait un pas après l'autre et la folie s'est trouvée faite.

Cette fois, ce fut absolument de cette manière que je me laissai entraîner à ma ridicule évasion. Je réfléchis quelques instants à l'asile que je choisirais pour la nuit, et j'allai demander l'hospitalité à une personne de vertu moyenne que j'avais connue au commencement de l'hiver. Elle me reçut avec toute la tendresse de son état. Mais je lui dis qu'il ne s'agissait point de ses charmes, que j'avais une course de quelques jours à faire, à une cinquantaine de lieues de Paris et qu'il fallait qu'elle me procurât une chaise de poste à louer pour le lendemain, d'aussi bonne heure qu'elle le pourrait. En attendant, comme j'étais fort troublé, je voulus prendre des forces, et j'en demandai au vin de Champagne dont quelques verres m'ôtèrent le peu qui me restait de la faculté de réfléchir. Je m'endormis ensuite d'un sommeil assez agité, et quand je me réveillai, je trouvai un sellier qui me livra une chaise à tant par jour, sans prendre d'informations sur ma route, et en se bornant à me faire signer une reconnaissance que je signai d'un nom en l'air, étant bien décidé à lui renvoyer sa voiture de Calais. Ma demoiselle m'avait aussi commandé des chevaux de poste. Je la payai convenablement et je me trouvai allant ventre à terre en Angleterre avec vingt-sept louis dans ma poche, sans avoir eu le temps de rentrer en moi-même un seul instant. En vingt-deux heures, je fus à Calais. Je chargeai M. Dessin de renvoyer ma chaise à Paris et je m'informai d'un paquebot. Il en partait un à l'heure même. Je n'avais point de passeport, mais dans cet heureux temps, il n'y avait point toutes les difficultés dont chaque démarche a été hérissée, depuis que les Français, en essayant d'être libres, ont établi l'esclavage chez eux et chez les autres. Un valet de louage se chargea pour six francs de remplir les formalités nécessaires, et, trois quarts d'heure après mon arrivée à Calais, j'étais embarqué.

J'arrivai le soir à Douvres, je trouvai un compagnon de voyage qui voulait se rendre à Londres, et le matin du jour suivant, je me trouvai dans cette immense ville, sans un être que j'y connusse, sans un but quelconque, et avec quinze louis pour tout bien. Je voulais d'abord aller loger dans une maison où j'avais demeuré quelques jours à mon dernier passage à Londres. J'éprouvais le besoin de voir un visage connu. Il n'y avait pas de place : mais on m'en procura une autre assez près. Mon premier soin, une fois logé, fut d'écrire à mon père. Je lui demandai pardon de mon étrange escapade, que j'excusai du mieux que je pus ; je lui dis que j'avais horriblement souffert à Paris, que j'étais surtout excédé des hommes ; je fis quelques phrases philosophiques sur la fatigue de la société et sur le besoin de la solitude. Je lui demandai la permission de passer trois mois en Angleterre dans une retraite absolue, et je finis par une transition vraiment comique, sans que je m'en aperçusse, par lui parler de mon désir de me marier et de vivre tranquille avec ma femme auprès de lui.

Le fait est que je ne savais trop qu'écrire, que j'avais en effet un besoin véritable de me reposer de six mois d'agitation morale et physique, et que, me trouvant pour la première fois complètement seul et complètement libre, je brûlais de jouir de cette position inconnue, à laquelle j'aspirais depuis si longtemps. Je n'avais aucune inquiétude sur l'argent ; car de mes quinze louis, j'en employai deux tout de suite pour acheter deux chiens et un singe. Je ramenai au logis ces belles emplettes. Mais je me brouillai tout de suite avec le singe. Je voulus le battre pour le corriger. Il s'en fâcha tellement que, quoiqu'il fût très petit, je ne pus en rester maître, et je le rapportai à la boutique d'animaux où je l'avais pris, où l'on me donna un troisième chien à sa place. Je me dégoûtai pourtant bientôt de cette ménagerie, et je revendis deux de mes bêtes pour le quart de ce qu'elles avaient coûté. Mon troisième chien s'attacha à moi avec une vraie passion, et fut mon compagnon fidèle dans les pérégrinations que j'entrepris bientôt après.

Ma vie à Londres, si je fais abstraction de l'inquiétude que me donnait l'ignorance de la disposition de mon père, n'était ni dispendieuse ni désagréable. Je payais une demi-guinée par semaine pour mon logement, je dépensais environ trois shillings par jour pour ma nourriture et environ trois encore pour des dépenses accidentelles, de sorte que je voyais dans mes treize louis de quoi subsister pendant presque un mois. Mais au bout de deux jours, je conçus le projet de faire le tour de l'Angleterre, et je m'occupai des moyens d'y subvenir. Je me rappelai l'adresse du banquier de mon père. Il m'avança vingt-cinq louis ; je découvris aussi la demeure d'un jeune homme que j'avais connu et auquel j'avais fait beaucoup d'honnêtetés à Lausanne, quand je vivais dans la société de madame Trevor. J'allai le voir. C'était un très beau garçon, le plus entiché de sa figure que j'aie jamais vu ; il passait trois heures à se faire coiffer, tenant un miroir en main, pour diriger lui-même la disposition de chaque cheveu. Du reste, il ne manquait pas d'esprit, et avait, en littérature ancienne, assez de connaissances, comme presque tous les jeunes Anglais du premier rang. Sa fortune était très considérable, et sa naissance distinguée.

Il s'appelait Edmund Lascelles ; il a été membre, mais assez obscur, du Parlement. J'allai donc le voir : il me reçut avec politesse, mais sans paraître avoir conservé le moindre souvenir de notre liaison précédente. Cependant, comme dans le cours de notre conversation il me fit quelques offres de service, et que j'avais toujours en tête mon voyage dans les provinces de l'Angleterre, je lui proposai de me prêter cinquante louis. Il me refusa en s'excusant tant bien que mal sur l'absence de son banquier, et sur je ne sais quels autres prétextes. Son valet de chambre, honnête Suisse qui connaissait ma famille, m'écrivit pour m'offrir quarante guinées. Mais sa lettre, remise chez moi pendant une course que je fis hors de Londres, ne me parvint que longtemps après et lorsqu'il avait déjà disposé de son argent d'une autre manière. Il se trouva que dans la maison à côté de celle que j'habitais, logeait un de mes anciens amis d'Édimbourg nommé John Mackay, qui avait je ne sais quel emploi assez subalterne à Londres. Nous fûmes enchantés de nous revoir. Je le fus de ne plus être dans une solitude aussi absolue : et je passai plusieurs heures de la journée avec lui, quoiqu'il ne fût rien moins que d'un esprit distingué. Mais il me retraçait d'agréables souvenirs, et je l'aimais d'ailleurs de notre amitié commune pour l'homme dont j'ai parlé en rendant compte de ma vie à Édimbourg, pour ce John Wilde, si remarquable par ses talents et son caractère, et qui a fini si malheureusement. John Mackay me procura un second plaisir du même genre en me donnant l'adresse d'un de nos camarades que j'avais connu à la même époque. Cela me procura quelques soirées agréables : mais cela n'avançait en rien mes projets. Il en résulta pourtant pour moi un nouveau motif de les exécuter, parce que ces rencontres m'ayant vivement retracé mon séjour en Écosse, j'écrivis à John Wilde et j'en reçus une réponse si pleine d'amitié que je me promis bien de ne pas quitter l'Angleterre sans l'avoir revu.

En attendant, je continuai à vivre à Londres, dînant frugalement, allant quelquefois au spectacle et même chez des filles, dépensant ainsi mon argent de voyage, ne faisant rien, m'ennuyant quelquefois, d'autrefois m'inquiétant sur mon père et m'adressant de graves reproches, mais ayant malgré cela un indicible sentiment de bien-être de mon entière liberté. Un jour au détour d'une rue, je me trouvai nez à nez avec un autre étudiant d'Édimbourg devenu docteur en médecine et placé assez avantageusement à Londres. Il se nommait Richard Kentish et s'est fait connaître depuis par quelques ouvrages assez estimés. Nous n'avions pas eu à Édimbourg de liaison fort étroite, mais nous nous étions quelquefois amusés ensemble. Il me témoigna une extrême joie de me retrouver, et me mena tout de suite chez sa femme que je connaissais d'ancienne date, parce que, pendant que j'achevais mes études, il était arrivé avec elle pour l'épouser à Gretna Green, comme cela se pratique quand les parents ne veulent pas consentir à un mariage. L'ayant épousée, il l'avait conduite à Édimbourg pour la présenter à ses anciennes connaissances.

C'était une petite femme maigre, sèche, pas jolie, et je crois assez impérieuse. Elle me reçut très bien. Ils partaient le lendemain pour Brighthelmstone et me pressèrent d'y aller avec eux, en m'y promettant toutes sortes de plaisirs. C'était précisément la roule opposée à celle que je voulais entreprendre. En conséquence, je refusai. Mais je réfléchis deux jours après qu'il valait autant m'amuser là qu'ailleurs, et je me mis dans une diligence qui m'y conduisit en un jour, avec une tortue qui allait se faire manger par le prince de Galles. Arrivé, je m'établis dans une mauvaise petite chambre, et j'allai ensuite trouver Kentish, m'attendant sur sa parole à mener la vie la plus gaie du monde. Mais il ne connaissait pas un chat, n'était point reçu dans la bonne société et employait son temps à soigner quelques malades pour de l'argent, et à en observer d'autres dans un hôpital pour son instruction. Tout cela était fort utile, mais ne répondait pas à mes espérances.

Je passai pourtant huit à dix jours à Brighthelmstone, parce que je n'avais aucune raison d'espérer mieux ailleurs, et que cette première expérience me décourageait, quoique à tort, comme on le verra par la suite, de mes projets sur Édimbourg. Enfin, m'ennuyant chaque jour plus, je partis subitement une après-dînée. Ce qui décida mon départ fut la rencontre d'un homme qui me proposa de faire le voyage à moitié prix jusqu'à Londres. Je laissai un billet d'adieu à Kentish et nous arrivâmes à Londres à minuit. J'avais eu bien peur que nous ne fussions volés, car j'avais tout mon argent sur moi et je n'aurais su que devenir. Aussi tenais-je toujours entre mes jambes une petite canne à épée avec la ferme résolution de me défendre et de me faire tuer plutôt que de donner mon trésor. Mon compagnon de voyage qui, vraisemblablement, n'avait point sur lui, comme moi, toute sa fortune, trouvait ma résolution absurde. Enfin notre route s'acheva sans que j'eusse l'occasion de déployer mon courage. De retour à Londres, je laissai encore plusieurs jours s'écouler sans rien faire. À mon grand étonnement, mon indépendance commençait à me peser. Las d'arpenter les rues de cette grande ville où rien ne m'intéressait, et voyant diminuer mes ressources, je pris enfin des chevaux de poste et j'allai d'abord à Newmarket. Je ne sais ce qui me décida pour cet endroit, à moins que ce ne fût le nom qui me rappelait les courses de chevaux, les paris et le jeu dont j'avais beaucoup entendu parler : mais ce n'était pas la saison. Il n'y avait pas une âme. J'y passai deux jours à réfléchir sur ce que je voulais faire.

J'écrivis bien tendrement à mon père pour l'assurer que je ne tarderais pas à retourner auprès de lui ; je comptai mon argent que je trouvai réduit à seize guinées, puis, après avoir payé mon hôte, je m'esquivai à pied, allant toujours droit devant moi, avec la résolution de me rabattre sur Northampton, près d'où il y avait un M. Bridges que j'avais connu à Oxford. Je fis le premier jour 28 milles par une pluie à verse. La nuit me surprit dans les bruyères très désertes et très tristes du comté de Norfolk : et je recommençai à craindre que les voleurs ne vinssent mettre un terme à toutes mes entreprises et à tous mes pèlerinages en me dépouillant de toutes mes ressources. J'arrivai pourtant heureusement à un petit village nommé Stokes. On me reçut indignement à l'auberge parce qu'on me vit arriver à pied et qu'il n'y a en Angleterre que les mendiants et la plus mauvaise espèce de voleurs nommés « Footpads » qui cheminent de cette manière. On me donna un mauvais lit, dans lequel j'eus beaucoup de peine à obtenir des draps blancs ; j'y dormis cependant très bien, et à force de me plaindre et de me donner des airs, je parvins le matin à me faire traiter comme un gentleman et à payer en conséquence.

Ce n'était que pour l'honneur, car je repartis à pied après avoir déjeuné et j'allai à 14 milles de là dîner à Lynn, petite ville commerçante, où je m'arrêtai de nouveau, parce que ma manière de voyager commençait à me déplaire. J'avais eu toute la matinée un soleil brûlant sur la tête, et quand j'arrivai j'étais épuisé de fatigue et de chaleur. Je commençai par avaler une grande jatte de négus, qui se trouva prête à l'auberge : ensuite je voulus prendre quelques arrangements pour continuer ma route. Mais je me trouvai tout d'un coup complètement ivre, au point de sentir que je ne savais plus ce que je faisais et que je ne pouvais en rien répondre de moi-même. J'eus pourtant assez de raison pour être fort effrayé de cet état dans une ville inconnue, tout seul et avec si peu d'argent dans ma poche. Ce m'était une sensation très singulière que d'être ainsi à la merci du premier venu et privé de tout moyen de répondre, de me défendre et de me diriger. Je fermai ma porte à clef et m'étant ainsi mis à l'abri des autres, je me couchai à terre pour attendre que les idées me revinssent.

Je passai ainsi cinq ou six heures, et la bizarrerie de la situation, jointe à l'effet du vin, me donna des impressions si vives et si étranges que je me les suis toujours rappelées. Je me voyais à trois cents lieues de chez moi, sans biens ni appui quelconque, ignorant si mon père ne m'avait pas désavoué et ne me repousserait pas pour jamais, n'ayant pas de quoi vivre quinze jours et m'étant mis dans cette position sans aucune nécessité et sans aucun but. Mes réflexions dans cet état d'ivresse étaient beaucoup plus sérieuses et plus raisonnables que celles que j'avais faites, quand je jouissais de toute ma raison, parce qu'alors j'avais formé des projets et que je me sentais des forces, au lieu que le vin m'avait ôté toute force, et que ma tête était trop troublée pour que je pusse m'occuper d'aucun projet. Peu à peu mes idées revinrent, et je me trouvai assez rétabli dans l'usage de mes facultés pour prendre des informations sur les moyens de continuer ma route plus commodément. Elles ne furent pas satisfaisantes. Je ne possédais pas assez d'argent pour acheter un vieux cheval dont on me demandait douze louis. Je repris une chaise de poste, adoptant ainsi la méthode la plus chère de voyager précisément parce que je n'avais presque rien, et je fus coucher dans un petit bourg appelé Wisbeach.

Je rencontrai en chemin un bel équipage qui avait versé. Il y avait un monsieur et une dame. Je leur offris de les conduire dans ma voiture. Ils acceptèrent. Je me réjouis de ce que cette rencontre me faisait passer une soirée moins solitaire. Mais à ma grande surprise, le monsieur et la dame me firent une révérence et s'en allèrent sans dire mot. J'appris le lendemain qu'il y avait une mauvaise troupe de comédiens ambulants qui jouaient dans une grange : et me trouvant aussi bien là qu'ailleurs, je me décidai à y rester pour aller au spectacle. Je ne sais plus quelle pièce on représentait. Enfin, le jour suivant, je pris encore une chaise de poste et j'allai jusqu'à Thrapston, l'endroit le plus voisin de la cure de Wadenho où je comptais trouver M. Bridges. Je pris un cheval à l'auberge et je me rendis tout de suite à Wadenho.

M. Bridges était effectivement curé de ce village, mais il venait d'en partir et ne devait être de retour que dans trois semaines. Cette nouvelle dérangeait tous mes plans. Plus de moyens d'avoir l'argent nécessaire pour aller en Écosse, aucune connaissance dans les environs, à peine de quoi retourner à Londres et y vivre quinze jours, ce qui n'était pas même assez pour y attendre la réponse de mon père. Il ne fallait pas délibérer longtemps, car chaque dînée et chaque couchée me mettaient dans une situation plus embarrassante. Je pris mon parti. Je vis, en calculant bien strictement, que je pouvais arriver jusqu'à Édimbourg en allant à cheval ou en cabriolet, seul, et une fois là, je comptais sur mes amis. Bel effet de la jeunesse, car certes s'il me fallait aujourd'hui faire cent lieues pour me mettre à la merci de gens qui ne me devaient rien, et sans une nécessité qui excusât cette démarche, s'il fallait m'exposer à m'entendre demander ce que je venais faire et refuser ce dont j'aurais besoin ou envie, rien sur la terre ne pourrait m'y résoudre. Mais, dans ma vingtième année, rien ne me paraissait plus simple que de dire à mes amis de collège :

« Je fais trois cents lieues pour souper avec vous ; j'arrive sans le sou, invitez-moi, caressez-moi, buvons ensemble, remerciez-moi et prêtez-moi de l'argent pour m'en retourner. »

J'étais convaincu que ce langage devait les charmer. Je fis donc venir mon hôte, et je lui dis que je voulais profiter de l'absence de mon ami Bridges pour aller à quelques milles de là passer quelques jours, et qu'il eût à me procurer un cabriolet. Il m'amena un homme qui en avait un, avec un très bon cheval. Malheureusement, le cabriolet était à Stamford, petite ville à dix milles de là. Il ne fit aucune difficulté pour me le louer. Il me donna son cheval et son fils pour me conduire, pour retirer le cabriolet des mains du sellier qui avait dû le raccommoder, et nous convînmes que je partirais de Stamford pour aller plus loin. Je me réjouis fort de ce que mon affaire s'était conclue si facilement, et le lendemain je montai sur le cheval. Le fils de l'homme à qui il appartenait monta sur une mauvaise petite rosse que l'hôte de l'auberge lui prêta, et nous arrivâmes très heureusement à Stamford. Mais là m'attendait une grande mésaventure. Le cabriolet ne se trouva pas raccommodé. J'en cherchai un autre inutilement. Je voulus engager mon jeune conducteur à me laisser partir à cheval. Il s'y refusa. Peut-être aurait-il cédé ; mais au premier mot, je me mis dans une colère furieuse et je l'accablai d'injures. Il se moqua de moi. Je voulus le prendre par la douceur. Il me dit que je l'avais trop mal traité, remonta sur sa bête et me planta là. Mes embarras augmentaient ainsi à chaque minute. Je couchai à Stamford dans un vrai désespoir.

Le lendemain je me déterminai à retourner à Thrapston dans l'espérance d'engager mon hôte à me trouver un autre véhicule. Quand je lui en reparlai, je l'y trouvai très peu disposé. Une circonstance assez bizarre et que je n'aurais jamais devinée lui avait donné très mauvaise opinion de moi. Depuis mon ivresse de Lynn, j'avais une sorte de répugnance pour le vin et de crainte de l'état où j'avais été pendant quelques heures. En conséquence, pendant tout le temps que j'avais passé à l'auberge de Thrapston, je n'avais bu que de l'eau. Cette abstinence peu usitée en Angleterre avait paru à mon hôte un vrai scandale. Ce ne fut pas lui qui m'apprit la mauvaise impression qu'il en avait reçue contre moi, ce fut l'homme qui m'avait précédemment loué un cabriolet, et que je fis venir pour tâcher de renouer avec lui cette négociation. Comme je me plaignis à lui de la conduite de son fils, il me répondit :

– Ah ! monsieur, on dit de vous des choses si singulières !

Cela m'étonna fort et comme je le pressais :

– Vous n'avez pas bu une goutte de vin depuis que vous êtes ici, répliqua-t-il.

Je tombai de mon haut, je fis venir une bouteille de vin tout de suite, mais l'impression était faite, et il me fut impossible de rien obtenir. Pour le coup, il fallut me décider. Je louai de nouveau pour le lendemain un cheval sous prétexte d'aller à Wadenho voir si M. Bridges n'était pas arrivé. Le malheur voulut que, de deux chevaux qu'avait mon hôte, le plus mauvais était seul au logis. Je n'eus donc pour monture qu'un tout petit cheval blanc, horriblement laid et très vieux.

Je partis le lendemain de bonne heure, et j'écrivis de dix à douze milles de là à mon hôte que j'avais rencontré un de mes amis qui allait voir les courses de chevaux à Nottingham et qui m'avait engagé à l'accompagner. Je ne savais pas les risques que je courais. La loi en Angleterre considère comme vol l'usage d'un cheval loué, pour une autre destination que celle qui a été alléguée. Il ne tenait donc qu'au propriétaire du cheval de me faire poursuivre ou de mettre mon signalement dans les journaux. J'aurais infailliblement été arrêté, traduit en justice, et peut-être condamné à la déportation dans les Îles ; ou tout au moins, j'aurais subi un procès pour vol, ce qui, même en supposant que j'eusse été absous, n'en aurait pas moins été fort désagréable et, vu mon escapade, aurait produit partout où l'on en était instruit un effet affreux. Enfin cela n'arriva pas. Le maître du cheval fut d'abord un peu étonné. Mais il alla alors à Wadenho où par bonheur il trouva M. Bridges qui arrivait, et qui, sur un mot que je lui avais adressé, répondit de mon retour.

Quant à moi, ne me doutant de rien, je fis le premier jour une vingtaine de milles, et je couchai à Kettering, petit village du Leicestershire, autant qu'il m'en souvient. Ce fut alors que commença vraiment et pour la première fois le bonheur d'indépendance et de solitude que je m'étais promis si souvent. Jusqu'alors, je n'avais fait qu'errer sans plan fixe, et mécontent d'un vagabondage que je trouvais avec raison ridicule et sans but. Maintenant j'avais un but, bien peu important, si l'on veut, car il ne s'agissait que d'aller faire à des amis de collège une visite de quinze jours. Mais enfin, c'était une direction fixe, et je respirais de savoir quelle était ma volonté.

J'ai oublié les différentes stations que je fis en route, sur mon mauvais petit cheval blanc ; mais ce dont je me souviens, c'est que toute la route fut délicieuse. Le pays que je traversai était un jardin. Je passai par Leicester, par Derby, par Buxton, par Shortley, par Kendall, par Carlisle. De là j'entrai en Écosse et je parvins à Édimbourg. J'ai eu trop de plaisir dans ce voyage pour ne pas chercher à m'en retracer les moindres circonstances. Je faisais de trente à cinquante milles par jour. Les deux premières journées j'avais un peu de timidité dans les auberges. Ma monture était si chétive que je trouvais que je n'avais pas l'air plus riche, ni plus *gentlemanlike* que lorsque je voyageais à pied, et je me souvenais de la mauvaise réception que j'avais éprouvée en cheminant de la sorte. Mais je découvris bientôt qu'il y avait pour l'opinion une immense différence entre un voyageur à pied et un voyageur à cheval. Les maisons de commerce en Angleterre ont des commis qui parcourent ainsi tout le royaume pour visiter leurs correspondants. Ces commis vivent très bien et font beaucoup de dépense dans les auberges, en sorte qu'ils y sont reçus avec empressement. Le prix de la dînée et de la couchée est fixé, parce que les aubergistes s'en dédommagent sur le vin. J'étais partout considéré comme un de ces commis, et en conséquence reçu à merveille. Il y en avait toujours sept ou huit avec lesquels je causais, et qui, lorsqu'ils découvraient que j'étais d'une classe plus relevée que la leur, ne m'en traitaient que mieux.

L'Angleterre est le pays où, d'un côté les droits de chacun sont le mieux garantis, et, où de l'autre les différences de rang sont le plus respectées : je voyageais presque pour rien. Toute ma dépense et celle de mon cheval ne se montaient pas à une demi-guinée par jour. La beauté du pays, celle de la saison, celle des routes, la propreté des auberges, l'air de bonheur, de raison et de régularité des habitants, sont, pour tout voyageur qui observe, une source de jouissances perpétuelles. Je savais la langue de manière à être toujours pris pour un Anglais, ou plutôt pour un Écossais, car j'avais conservé l'accent écossais de ma première éducation en Écosse.

J'arrivai enfin à Édimbourg le 12 août, à six heures du soir, avec environ neuf à dix shillings en poche. Je m'empressai de chercher mon ami Wilde, et, deux heures après mon arrivée, j'étais au milieu de toutes celles de mes connaissances qui se trouvaient encore en ville, la saison ayant éloigné les plus riches, qui étaient dans leurs terres. Il en restait cependant encore assez pour que notre réunion fût nombreuse, et tous me reçurent avec de véritables transports de joie. Ils me savaient gré de la singularité de mon expédition, chose qui a toujours de l'attrait pour les Anglais.

Notre vie à tous pendant les quinze jours que je passai à Édimbourg fut un festin continuel. Mes amis me régalèrent à qui mieux mieux, et toutes nos soirées et nos nuits se passaient ensemble. Le pauvre Wilde surtout avait à me fêter un plaisir qu'il me témoignait de la manière la plus naïve et la plus touchante. Qui m'eût dit que sept ans après il serait enchaîné sur un grabat ! Enfin, il fallut penser au retour. Ce fut à Wilde que je m'adressai. Il me trouva avec quelque peine, mais de la meilleure grâce du monde, dix guinées. Je remontai sur ma bête, et je repartis. J'avais été voir à Niddin, ces Wauchope qui m'avaient si bien accueilli, quand j'étudiais, et j'avais appris que la sœur aînée était dans une petite ville, un bain, si je ne me trompe, appelé Moffat. Quoique je n'eusse pas trop de quoi prendre un détour, je voulus pourtant l'aller voir, je ne sais pourquoi, car c'était une personne fort peu agréable, de trente à trente-cinq ans, laide, rouge, aigre et capricieuse au dernier point. Mais j'étais en si bonne disposition, et si content de la réception qu'on m'avait faite, que je ne voulais pas manquer une occasion de voir encore quelques-uns de ces bons Écossais que j'allais quitter pour un temps illimité. En effet je ne les ai pas revus depuis.

Je trouvai mademoiselle Wauchope, établie solitairement comme il convenait à son caractère. Elle fut sensible à ma visite et me proposa de retourner à Londres par les comtés de Cumberland et de Westmorland. Un pauvre homme qu'elle protégeait se joignit à nous, et nous fîmes une course assez agréable. J'y gagnai de voir cette partie de l'Angleterre, que je n'aurais pas vue sans cela. Car j'ai une telle paresse et une si grande absence de curiosité que je n'ai jamais de moi-même été voir ni un monument, ni une contrée, ni un homme célèbre. Je reste où le sort me jette jusqu'à ce que je fasse un bond qui me place de nouveau dans une tout autre sphère. Mais ce n'est ni le goût de l'amusement, ni l'ennui, aucun des motifs qui, d'ordinaire, décident les hommes dans l'habitude de la vie qui me font agir. Il faut qu'une passion me saisisse pour qu'une idée dominante s'empare de moi et devienne une passion. C'est ce qui me donne l'air assez raisonnable, aux yeux des autres qui me voient, dans les intervalles des passions qui me saisissent, me contenter de la vie la moins attrayante, et ne chercher aucune distraction.

Le Westmorland et le Cumberland dans sa belle partie, car il y en a une qui est horrible, ressemblent en petit à la Suisse. Ce sont d'assez hautes montagnes dont la cime est enveloppée de brouillards au lieu d'être couverte de neige, des lacs semés d'îles verdoyantes, de beaux arbres, de jolis bourgs, deux ou trois petites villes propres et soignées. Ajoutez à cela cette liberté complète d'aller et de venir sans qu'âme qui vive s'occupe de vous, et sans que rien rappelle cette police dont les coupables sont les prétextes, et les innocents le but. Tout cela rend toutes les courses en Angleterre une véritable jouissance. Je vis à Keswick, dans une espèce de musée, une copie de la sentence de Charles I avec les signatures exactement imitées de tous ses juges, et je regardai avec curiosité celle de Cromwell, qui, jusqu'au commencement de ce siècle, a pu passer pour un audacieux et habile usurpateur, mais qui ne mérite pas de nos jours l'honneur d'être nommé.

Après m'avoir accompagné, je crois jusqu'à Carlisle, mademoiselle Wauchope me quitta, en me donnant pour dernier conseil de ne plus faire de folies pareilles à l'escapade qui lui avait valu le plaisir de me revoir. De là je continuai ma route ayant précisément de quoi arriver chez M. Bridges, où j'espérais trouver de nouvelles ressources, et toujours plus satisfait de mon genre de vie, dans lequel, je m'en souviens, je ne regrettais qu'une chose, c'était qu'il pût arriver un moment où la vieillesse m'empêcherait de voyager ainsi tout seul à cheval. Mais je me consolais en me promettant de continuer cette manière de vivre le plus longtemps que je pourrais. J'arrivai enfin à Wadenho où je trouvai tout préparé pour ma réception. M. Bridges était absent, mais revint le lendemain. C'était un excellent homme, d'une dévotion presque fanatique, mais tout cœur pour moi qu'il s'était persuadé, sans que je le lui dise, être venu tout exprès de Paris pour le voir. Il me retint chez lui plusieurs jours, me mena dans le voisinage, et remit mes affaires à flot. Parmi les gens auxquels il me présenta, je ne me souviens que d'une lady Charlotte Wentworth, d'environ soixante-dix ans, que je contemplai avec une vénération toute particulière, parce qu'elle était sœur du marquis de Rockingham, et que ma politique écossaise m'avait inspiré un grand enthousiasme pour l'administration des Whigs dont il avait été le chef.

Pour répondre à toutes les amitiés de M. Bridges, je me pliai volontiers à ses habitudes religieuses, quoiqu'elles fussent assez différentes des miennes. Il rassemblait tous les soirs quelques jeunes gens dont il soignait l'éducation, deux ou trois servantes qu'il avait chez lui, des paysans, valets d'écurie et autres, leur lisait quelques morceaux de la Bible, puis nous faisait tous mettre à genoux et prononçait de ferventes et longues prières. Souvent il se roulait littéralement par terre, frappait le plancher de son front et se frappait la poitrine à coups redoublés. La moindre distraction pendant ces exercices, qui duraient souvent plus d'une heure, le jetait dans un véritable désespoir. Je me serais volontiers pourtant résigné à rester indéfiniment chez M. Bridges, tant je commençais à avoir peur de me présenter devant mon père ; mais comme il n'y avait plus moyen de prolonger, je fixai le jour de mon départ. J'avais rendu au propriétaire le fidèle petit cheval blanc qui m'avait porté durant tout mon voyage : une passion pour cette manière d'aller me fit imaginer d'en acheter un sans songer à la difficulté que j'aurais à le sortir d'Angleterre. M. Bridges me servit de caution, et je me retrouvai sur la route de Londres, beaucoup mieux monté et fort content de mon projet de retourner de la sorte jusque chez mon père. J'y arrivai, je ne sais quel jour de septembre, et toutes mes belles espérances se dissipèrent. J'avais pu très bien expliquer à M. Bridges pourquoi je me trouvais sans argent chez lui. Mais je ne l'avais pas mis dans la confidence que je serais tout aussi embarrassé à Londres. Il croyait au contraire qu'une fois rendu là, les banquiers auxquels mon père avait dû m'adresser me fourniraient les fonds dont j'aurais besoin. Il ne m'avait donc prêté en argent comptant que ce qu'il me fallait pour y arriver.

Le plus raisonnable eût été de vendre mon cheval, de me mettre dans une diligence et de retourner le plus obscurément et le moins chèrement que j'aurais pu au lieu où il fallait enfin que je me rendisse. Mais je tenais au mode de voyager que j'avais adopté, et je m'occupai à trouver d'autres ressources. Kentish me revint à l'esprit ; j'allai le voir, il me promit de me tirer d'embarras, et sur cette promesse, je ne m'occupai plus que de profiter du peu de temps pendant lequel je jouissais encore d'une indépendance que je devais reperdre si tôt. Je dépensai de diverses manières le peu qui me restait, et je me vis enfin sans le sol. Des lettres de mon père, qui me parvinrent en même temps, réveillèrent en moi des remords que les désagréments de la situation ne laissaient pas que d'accroître. Il s'exprimait avec un profond désespoir sur toute ma conduite, sur la prolongation de mon absence, et me déclarait que, pour me forcer à le rejoindre, il avait défendu à ses banquiers de subvenir à aucune de mes dépenses. Je parlai enfin à Kentish qui, changeant de langage, me dit que j'aurais dû ne pas me mettre dans cette position au lieu de me plaindre d'y être. Je me souviens encore de l'impression que cette réponse produisit sur moi. Pour la première fois je me voyais à la merci d'un autre qui me le faisait sentir. Ce n'est pas que Kentish voulût précisément m'abandonner, mais il ne me cachait, en m'offrant encore ses secours, ni sa désapprobation de ma conduite, ni la pitié qui le décidait à me secourir, et son assistance était revêtue des formes les plus blessantes. Pour se dispenser de me prêter un sol, il me proposa de venir dîner chez lui tous les jours et pour me faire sentir qu'il ne me regardait pas comme un ami qu'on invite, mais comme un pauvre qu'on nourrit, il affecta de n'avoir à dîner, pendant cinq à six jours, que ce qu'il fallait pour sa femme et pour lui, en répétant que son ménage n'était arrangé que pour deux personnes.

Je supportai cette insolence, parce que j'avais écrit aux banquiers, malgré la défense de mon père, et que j'espérais me retrouver en état de faire sentir à mon prétendu bienfaiteur ce que ses procédés m'inspiraient. Mais ces malheureux banquiers étant, ou se disant à la campagne, me firent attendre leur réponse toute une semaine.

Cette réponse vint enfin et fut un refus formel.

Il fallut donc m'expliquer une dernière fois avec Kentish, et il me prescrivit de vendre mon cheval et d'aller, avec ce que j'en tirerais, comme je pourrais, où je voudrais. Le seul service qu'il m'offrit fut de me mener chez un marchand de chevaux qui me l'achèterait tout de suite. Je n'avais pas d'autre parti à prendre ; et après une scène attendrie où je me serais brouillé tout à fait avec lui s'il ne s'était pas montré aussi insensible à mes reproches qu'il l'avait été à mes prières, nous allâmes ensemble chez l'homme dont il m'avait parlé. Il m'offrit quatre louis de ce cheval qui m'en avait coûté quinze. J'étais dans une telle fureur qu'au premier mot je traitai indignement cet homme qui au fond ne faisait que son métier, et je faillis être assommé par lui et ses gens. L'affaire ayant manqué de la sorte, Kentish, qui commençait à avoir autant d'envie d'en finir que moi, m'offrit de me prêter dix guinées à condition que je lui donnerais une lettre de change pour cette somme, et que de plus je lui laisserais ce cheval qu'il promit de vendre comme il le pourrait à mon profit. Je n'étais le maître de rien refuser.

J'acceptai donc, et je partis, me promettant bien de ne plus faire d'équipée semblable. Par un reste de goût pour les expéditions chevaleresques, je voulus aller à franc étrier jusqu'à Douvres. C'est une manière de voyager qui n'est pas d'usage en Angleterre, où l'on va aussi vite et à meilleur marché en chaise de poste. Mais je croyais indigne de moi de n'avoir pas un cheval entre les jambes. Le pauvre chien qui m'avait fidèlement accompagné dans toutes mes courses fut la victime de cette dernière folie. Quand je dis dernière, je parle de celles que je fis en Angleterre d'où je partis le lendemain. Il succomba à la fatigue à quelques milles de Douvres. Je le confiai presque mourant à un postillon avec un billet pour Kentish, dans lequel je lui disais que, comme il traitait ses amis comme des chiens, je me flattais qu'il traiterait ce chien comme un ami. J'ai appris plusieurs années après que le postillon s'était acquitté de ma commission et que Kentish montrait le chien à un de mes cousins qui voyageait en Angleterre, en lui disant que c'était un gage de l'amitié intime et tendre qui le réunissait pour toujours à moi. En

1794, ce Kentish s'est avisé de m'écrire sur le même ton, en me rappelant les délicieuses journées que nous avions passées ensemble en 1787. Je lui ai répondu assez sèchement, et je n'en ai plus entendu parler.

Au moment où je mettais pied à terre à Douvres, un paquebot allait partir pour Calais. J'y fus reçu et le 1 octobre, je me retrouvai en France. C'est la dernière fois jusqu'à présent que j'ai vu cette Angleterre, asile de tout ce qui est noble, séjour de bonheur, de sagesse et de liberté, mais où il ne faut pas compter sans réserve sur les promesses de ses amis de collège. Du reste, je suis un ingrat. J'en ai trouvé vingt bons pour un seul mauvais. À Calais nouvel embarras. Je calculai que je n'avais aucun moyen d'arriver à Bois-le-Duc, où était mon père, avec le reste de mes dix guinées. Je sondai M. Dessin, mais il était trop accoutumé à des propositions pareilles de la part de tous les aventuriers allant en Angleterre ou en revenant pour être très disposé à m'entendre. Je m'adressai enfin à un domestique de l'auberge qui, sur une montre qui valait dix louis, m'en prêta trois, ce qui n'assurait pas encore mon arrivée. Puis je me remis à cheval pour aller nuit et jour jusqu'à l'endroit où je n'avais à attendre que du mécontentement et des reproches.

En passant à Bruges, je tombai entre les mains d'un vieux maître de poste qui, sur ma mine, avisa avec assez de pénétration qu'il pourrait me prendre pour dupe. Il commença par me dire qu'il n'avait pas de chevaux et qu'il n'en aurait pas de plusieurs jours, mais il offrit de m'en procurer à un prix excessif. Le marché fait, il me dit que le maître des chevaux n'avait pas de voiture. C'était un nouveau marché à faire ou l'ancien à payer. Je pris le premier parti. Mais quand je croyais tout arrangé, il ne se trouva pas de postillon pour me conduire et je n'en obtins un qu'à des conditions tout aussi exorbitantes. J'étais tellement dévoré au fond du cœur de pensées tristes, et sur le désespoir dans lequel je me figurais mon père, dont les dernières lettres avaient été déchirantes, et sur la déception que j'allais éprouver, et sur la dépendance qui m'attendait et dont j'avais perdu l'habitude, que je n'avais la force de me fâcher ni de disputer sur rien. Je me soumis donc à toutes les friponneries du coquin de maître de poste, et enfin je me remis en route, mais je n'étais pas destiné à aller vite. Il était environ dix heures quand je partis de Bruges abîmé de fatigue. Je m'endormis presque tout de suite. Après un assez long somme, je me réveillai, ma chaise était arrêtée, et mon postillon avait disparu. Après m'être frotté les yeux, avoir appelé, crié, juré, j'entendis à quelques pas de moi un violon. C'était dans un cabaret où des paysans dansaient et mon postillon avec eux de toutes ses forces.

À la poste avant Anvers, je me trouvais, grâce à mon fripon de Bruges, hors d'état de payer les chevaux qui m'avaient conduit, et pour cette fois, je ne connaissais personne. Il n'y avait personne non plus qui parlât français, et mon assez mauvais allemand était presque inintelligible. Je tirai une lettre de ma poche, et je tâchai de faire comprendre par signes au maître de poste que c'était une lettre de crédit sur Anvers. Comme heureusement personne ne pouvait la lire, on me crut, et j'obtins qu'on me conduirait jusque-là, en promettant, toujours par signes, de payer tout ce que je me trouvais devoir. À Anvers, il fallut encore que mon postillon me prêtât de l'argent pour payer un bac, et je me fis conduire à l'auberge. J'y avais logé plusieurs fois avec mon père. L'aubergiste me reconnut, paya ma dette et me prêta de quoi continuer ma route. Mais il m'avait pris une telle peur de manquer d'argent que, pendant que l'on mettait les chevaux, je courus chez un négociant que j'avais vu à Bruxelles, et que je me fis donner encore quelques louis, quoique, selon toutes les probabilités, ils dussent m'être fort inutiles. Enfin le lendemain, j'arrivai à Bois-le-Duc. J'étais dans la plus horrible angoisse, et je restai quelque temps sans avoir la force de me faire conduire au logement que mon père habitait. Il fallut pourtant prendre mon courage à deux mains et m'y rendre. Pendant que je suivais le guide qu'on m'avait donné, je frémissais et des justes reproches qui pourraient m'être adressés, et plus encore de la douleur et peut-être de l'état de maladie causé par cette douleur dans lequel je pourrais trouver mon père. Ses dernières lettres m'avaient déchiré le cœur. Il m'avait mandé qu'il était malade du chagrin que je lui faisais, et que si je prolongeais mon absence, j'aurais sa mort à me reprocher. J'entrai dans sa chambre. Il jouait au whist avec trois officiers de son régiment.

– Ah ! vous voilà ? me dit-il. Comment êtes-vous venu ?

Je lui dis que j'avais voyagé moitié à cheval, moitié en voiture, et jour et nuit. Il continua sa partie. Je m'attendais à voir éclater sa colère quand nous serions seuls. Tout le monde nous quitta.

– Vous devez être fatigué, me dit-il, allez vous coucher.

Il m'accompagna dans ma chambre. Comme je marchais devant lui, il vit que mon habit était déchiré.

– Voilà toujours, dit-il, ce que j'avais craint de cette course.

Il m'embrassa, me dit le bonsoir et je me couchai. Je restai tout abasourdi de cette réception qui n'était ni ce que j'avais craint, ni ce que j'avais espéré. Au milieu de ma crainte d'être traité avec une sévérité que je sentais méritée, j'aurais eu un vrai besoin, au risque de quelques reproches, d'une explication franche avec mon père. Mon affection s'était augmentée de la peine que je lui avais faite. J'aurais eu besoin de lui demander pardon, de causer avec lui de ma vie future. J'avais soif de regagner sa confiance et d'en avoir en lui. J'espérais, avec un mélange de crainte, que nous nous parlerions le lendemain plus à cœur ouvert.

Mais le lendemain n'apporta aucun changement à sa manière, et quelques tentatives que je fis pour amener une conversation à ce sujet, quelques assurances de regret que je hasardai avec embarras, n'avaient obtenu aucune réponse ; il ne fut, pendant les trois jours que je passai à Bois-le-Duc, question de rien entre nous. Je sens que j'aurais dû rompre la glace. Ce silence, qui m'affligeait de la part de mon père, le blessait probablement de la mienne.

Il l'attribuait à une insouciance très blâmable après une aussi inexcusable conduite : et ce que je prenais pour de l'indifférence était peut-être un ressentiment caché. Mais dans cette occasion comme dans mille autres de ma vie, j'étais arrêté par une timidité que je n'ai jamais pu vaincre, et mes paroles expiraient sur mes lèvres, dès que je ne me voyais pas encouragé à continuer. Mon père arrangea donc mon départ avec un jeune Bernois, officier dans son régiment.

Il ne me parla que de ce qui se rapportait à mon voyage et je montai en voiture sans une parole un peu claire sur l'équipée que je venais de faire ou le repentir que j'en eus, et sans que mon père m'eût dit un mot qui montrât qu'il en eût été triste ou mécontent. Le Bernois avec qui je faisais route était d'une des familles aristocratiques de Berne. Mon père avait ce gouvernement en horreur et m'avait élevé dans ces principes. Ni lui ni moi ne savions alors que presque tous les vieux gouvernements sont doux parce qu'ils sont vieux et tous les nouveaux gouvernements durs, parce qu'ils sont nouveaux. J'excepte pourtant le despotisme absolu comme celui de Turquie ou de Russie parce que tout dépend d'un homme seul, qui devient fou de pouvoir, et alors les inconvénients de la nouveauté qui ne sont pas dans l'institution sont dans l'homme. Mon père passait sa vie à déclamer contre l'aristocratie bernoise, et je répétais ses déclamations. Nous ne réfléchissions pas que nos déclamations mêmes, par cela seul qu'elles étaient sans inconvénients pour nous, se démontraient fausses ; elles ne le furent pourtant pas toujours sans inconvénient. À force d'accuser d'injustice et de tyrannie les oligarques qui n'étaient coupables que de monopole et d'insolence, mon père les rendit injustes pour lui, et il lui en coûta enfin sa place, la fortune et le repos des vingt-cinq dernières années de sa vie.

Rempli de toute sa haine contre le gouvernement de Berne, je me trouvai à peine dans une chaise de poste avec ce Bernois que je commençai à répéter tous les arguments connus contre la politique, contre les droits enlevés au peuple, contre l'autorité héréditaire, etc., ne manquant pas de promettre à mon compagnon de voyage que, si jamais l'occasion s'offrait, je délivrerais le pays de Vaud de l'oppression où le tenaient ses compatriotes. L'occasion s'est offerte onze ans après. Mais j'avais devant les yeux l'expérience de la France où j'avais été témoin de ce qu'est une révolution, et acteur assez impuissant, dans le sens d'une liberté fondée sur la justice, et je me suis bien gardé de révolutionner la Suisse. Ce qui me frappe, quand je me retrace ma conversation avec ce Bernois, c'est le peu d'importance qu'on attachait alors à l'énonciation de toutes les opinions, et la tolérance qui distinguait cette époque.

Si l'on tenait aujourd'hui le quart d'un propos semblable, on ne serait pas une heure en sûreté. Nous arrivâmes à Berne où je laissai mon compagnon de voyage, et pris la diligence jusqu'à Neuchâtel ; je me rendis le soir même chez madame de Charrière. Je fus reçu par elle avec des transports de joie, et nous recommençâmes nos conversations de Paris. J'y passai deux jours, et j'eus la fantaisie de retourner à pied à Lausanne. Madame de Charrière trouva l'idée charmante, parce que cela cadrait, disait-elle, avec toute mon expédition d'Angleterre. C'eût été, raisonnablement parlant, une raison de ne pas faire ce qui pouvait la rappeler, et d'éviter ce qui me faisait ressembler à l'enfant prodigue.

Enfin, me voilà dans la maison de mon père et sans autre perspective que d'y vivre paisiblement. Sa maîtresse, que je ne connaissais pas alors pour telle, tâcha de m'y arranger le mieux du monde. Ma famille fut très bien pour moi. Mais j'y étais à peine depuis quinze jours que mon père me manda qu'il avait obtenu du duc de Brunswick, qui était alors à la tête de l'armée prussienne en Hollande, une place à sa Cour, et que je devais faire mes préparatifs pour aller à Brunswick dans le courant de décembre. J'envisageai ce voyage comme un moyen de vivre plus indépendant que je ne l'aurais pu en Suisse, et je ne fis aucune objection. Mais je ne voulais pas partir sans passer quelques jours chez madame de Charrière, et je montai à cheval pour lui faire une visite.

Outre le chien que j'avais été obligé d'abandonner sur la route de Londres à Douvres, j'avais ramené une petite chienne à laquelle j'étais fort attaché : je la pris avec moi. Dans un bois qui est près d'Yverdon, entre Lausanne et Neuchâtel, je me trompai de chemin, et j'arrivai dans un village à la porte d'un vieux château. Deux hommes en sortaient précisément avec des chiens de chasse. Ces chiens se jetèrent sur ma petite bête, non pour lui faire du mal, mais au contraire par galanterie. Je n'appréciai pas bien leur motif, et je les chassai à grands coups de fouet.

L'un des deux hommes m'apostropha assez grossièrement. Je lui répondis de même, et lui demandai son nom. Il me dit en continuant les injures, qu'il s'appelait le chevalier Duplessis d'Épendes, et après nous être querellés encore quelques minutes, nous convînmes que je me rendrais chez lui le lendemain pour nous battre. Je retournai à Lausanne, et je racontai mon aventure à un de mes cousins en le priant de m'accompagner. Il me le promit, mais en me faisant la réflexion qu'en allant moi-même chez mon adversaire, je me donnais l'apparence d'être l'agresseur, qu'il était possible que quelque domestique ou garde-chasse eût pris le nom de son maître, et qu'il valait mieux envoyer à Épendes, avec une lettre pour m'assurer de l'identité du personnage, et dans ce cas fixer un autre lieu de rendez-vous. Je suivis ce conseil. Mon messager me rapporta une réponse qui certifiait que j'avais bien eu affaire avec M. Duplessis, capitaine au service de France, et qui d'ailleurs était remplie d'insinuations désobligeantes sur ce que j'avais pris des informations, au lieu de me rendre moi-même au lieu et au jour qui étaient fixés. M. Duplessis indiquait un autre jour sur territoire neuchâtelois.

Nous partîmes, mon cousin et moi, et pendant la route nous fûmes d'une gaieté folle. Ce qui me suggère cette remarque, c'est que tout à coup mon cousin me dit : « Il faut avouer que nous y allons bien gaiement. » Je ne pus m'empêcher de rire de ce qu'il s'en faisait un mérite à lui qui ne devait être que spectateur. Quant à moi, je ne m'en fais pas un non plus. Je ne me donne pas pour plus courageux qu'un autre, mais un des caractères que la nature m'a donnés, c'est un grand mépris pour la vie, et même une envie secrète d'en sortir pour éviter ce qui peut encore m'arriver de fâcheux. Je suis assez susceptible d'être effrayé par une chose inattendue qui agit sur mes nerfs. Mais dès que j'ai un quart d'heure de réflexion, je deviens sur le danger d'une indifférence complète.

Nous couchâmes en route et nous étions le lendemain à cinq heures du matin à la place indiquée. Nous y trouvâmes le second de M. Duplessis, un M. Pillichody d'Yverdon, officier comme lui en France, et qui avait toutes les manières et toute l'élégance d'une garnison. Nous déjeunâmes ensemble : les heures se passaient, et M. Duplessis ne paraissait pas. Nous l'attendîmes ainsi inutilement toute la journée. M. Pillichody était en fureur et s'épuisait en protestations que jamais il ne reconnaîtrait pour son ami un homme qui manquait à un rendez-vous de cette espèce.

– J'ai eu, me disait-il, mille affaires pareilles sur le dos, et j'ai toujours été le premier au lieu indiqué. Si Duplessis n'est pas mort, je le renie, et s'il ose m'appeler encore son ami, il ne mourra que de ma main.

Il s'exprimait ainsi dans son désespoir chevaleresque, lorsque arriva subitement un de mes oncles, père du cousin qui m'avait accompagné.

Il venait m'arracher aux périls qui me menaçaient et fut tout étonné de me trouver causant avec le second de mon adversaire sans que cet adversaire se fût présenté. Après avoir ainsi attendu encore, nous prîmes le parti de nous en retourner. M. Pillichody nous devança, et comme nous passions devant la campagne qu'habitait M. Duplessis, nous trouvâmes toute la famille sur le grand chemin, qui venait me faire des excuses.